JN285189

双葉文庫

甲次郎浪華始末

残照の渡し

築山桂

目次

この作品は双葉文庫のために書き下ろされました。

残照の渡し

甲次郎浪華始末

序章　炎上

突然の轟音《ごうおん》に安宿の二階が震えたのは、暮れ六つ（午後六時）の鐘の、わずか後だった。

今日の最後の渡し船はすでに出てしまい、乗り損ねた者は明日まで待たなければならない。すでに宵の口には火鉢がないと肌寒い季節で、野宿をするには厳しく、宿を探してうろつく旅人がまだまだ増える頃合いだ。界隈《かいわい》の旅籠《はたご》では、女たちが往来に出て、客をさかんに呼び込んでいた。

そんな人通りの多い夕暮れ時の渡し場で、変事は起こったのだ。

耳をつんざく轟音に、あたりの者はみな、目をむいて音の聞こえた方向を見上げ、宿の二階から煙があがっているのに気づいて息をのんだ。

落雷による火事だと、ほとんどの者が思った。

そう思わざるを得ない音であったし、それならば、以前にも一度あったのだ。

だが、不思議なことに、この日、あたりには雲一つなく、頭上には雷など落ちそうにない夕焼け空が広がっていた。

「雷やろか。それにしても……」

やや離れた川岸の茶店で、名物の焼き餅《もち》を売っていた店の主人《あるじ》は、香ばしい包みを客に手渡しながらつぶやいた。

十三《じゅうそう》の渡しは、西国《さいごく》街道筋にある。大坂の北西に半里ほどのところである。淀川《よどがわ》の上流から数えて十三番目の渡しであることから、その名がついたと言われ、西国から大坂、あるいは、そのもっと先の京や東国に出向く際に、ほとんどの旅人がこの渡しを通る。

あたりには二十軒を越える旅籠が軒を連ね、ちょっとした宿場町の体をなしていた。

大砲にも似てましたな、と焼き餅を受け取りながら、遊山《ゆさん》からの帰りと思《おぼ》しき白髪の隠居が応じた。

「ほれ、あの天保《てんぽう》の騒動のとき、わしは天満《てんま》におりましたさかいな」

その言葉に、隠居の後ろに並んで餅を待っていた客の何人かがうなずいた。

　このあたりで天保の騒動といえば、十数年前に起きた大坂町奉行所の与力大塩平八郎の挙兵事件を指す。町家に大砲が撃ち込まれ、大坂の町は大火事となった。

　言われてみれば似てますわ、わしもあのときは大砲を近くで聞きました、と、丁稚《でっち》を供に連れた中年の商人がうなずき、さらに二、三人が加わって、話題はそちらにずれた。

　旅人たちの気楽なお喋《しゃべ》りをよそに、茶店の主人だけは心配そうに、なおも音のした方を眺めていた。

　煙は、まだ絶えない。

　大火事になれば、この小さな宿場町全体に関わる。

　気がかりな様子で主人は手をとめ、じっと、あたりの様子をうかがった。

　まわりが逃げ出すようなら、自分もすぐに動いたほうがいい。

　しかし、幸い、燃え広がる様子はないようだった。

　火消し人足が往来を走っていく姿が見えたが、しばらく待っても、空に火の粉が舞い上がることはなかった。

　どうやら大事にはいたらなかったらしい。

茶店の主人はひとつ息をつき、再び手元の餅をあぶるのに熱中し始めた。

数人が煙の出所を確かめに走っていったために短くなった店の行列も、餅の匂いに誘われるように、ふたたび増えてきた。

茶店の主人の耳に、行列に並ぶ客たちの噂話《うわさ》が届いたのは、ややあってからだ。

「さっきの音な。火鉢の炭がいきなり燃え上がって、宿の天井吹き飛ばした音らしいわ。客が一人、焼け死んだそうや」

「しかし、炭が燃え上がったくらいで、あないな音がするもんやろか」

「さあて、それは判らんけども」

そんなはずがあるかいな、と茶店の主人は餅を焼きながら思った。

火鉢の炭が天井を吹き飛ばしたなどと、聞いたことがない。さっきのはそんな生やさしい音ではなかった。大砲に似ていたと言った客がいたが、そうだ、火鉢に大玉の花火を投げ込んだかのような……。

そういえば、と行列の後ろのほうから誰かが言った。

「火鉢が燃え上がる、て話で、思い出したわ。大坂城代様の煙硝蔵があるやろ。昔、あそこの御蔵に煙硝を運び込むとき、人足の一人が、こっそりいくつか煙硝の玉を隠して持ち出したらしいんや。それを、ふざけて家の火鉢に投げ込んでみたら、ものすごい音ではねあがって、家の天井焼いたとか」

そら物騒な、また阿呆な奴もおったもんや、と何人かが合いの手を入れ、うちの一人が尋ねた。

「大坂城の煙硝蔵の話か？」

「いや、違う。長内《おさない》村の蔵や」

「ああ、あれか。大坂から北三里のとこに、八代将軍の頃にできた奴やな」

うなずいた商人風の男は、次いで、声を潜めるようにしてつけたした。

「長内村の煙硝蔵ていえば、蔵破りに狙われたて噂があるけども、本当《ほんま》やろか。あんたはん、知らはらへんか」

「そらまた恐ろしい話やな。最近の話でっか」

「さあ、しばらく前から、ときどき、耳にする話やけども……」

へえ、と、初めに話を披露した男は、わざとらしく眉を寄せた。

「わしはそないな噂、聞かんけどなあ。もしも本当やったらえらいこっちゃ。煙硝蔵の中身が盗み出されたら、それこそ、いつまた天保騒動みたいな物騒な騒ぎが起こるやら……」

調子良く話し始めた声が、途中で、自然に小さくなった。

内容があまりに物騒で、軽々しく口にすべきではないと思ったからか、先ほどの轟音との関わりを考え、不安になったのか。

いずれにしろ、なんとなしに話はそこで途切れ、あとはただ黙々と餅の焼き上がりを待つ行列になった。

茶店の向こうに見える川面では、ちょうど、最後の渡し船が戻ってくるところだった。

目をこらせば、行列からも、船頭の他に青ざめた顔をした男が一人乗っているのを見ることができた。

最後の渡しが終わった船にまだ客がいるのには、理由があった。

肩に継ぎのあたった袷《あわせ》を着、どうみても金回りの悪い職人崩れといったその男は、船の上で先ほどの轟音を聞いた瞬間、取り乱して船を戻せと叫んだのだ。

馬鹿を言いなさんな、と男は船頭にたしなめられたが、向こう岸に渡ってもなお、どうしても渡し場に戻りたいのだと言い張り、結局、船頭に三倍もの渡し賃を払い、ふたたび戻ってきた。

男は、船縁から身を乗り出しながら、すでに変事の名残も消えかけた町の方を見つめていた。

船縁をつかむ震えた手には、親指の付け根から手のひらにかけて、古い火傷《やけど》のような引きつれの痕《あと》があった。

第一章　城代御役替え

一

明け六つ（午前六時）を過ぎた頃、八軒家の船着き場に、一艘の船が着いた。

天神《てんじん》橋と天満《てんま》橋の間に設けられた船着き場は、京と大坂を結ぶ過書船《かしょぶね》の拠点である。

船から下り立ったのは、小浜《おばま》藩江戸詰の侍が十人ばかりで、小浜藩主酒井忠邦《さかいただくに》の大坂城代就任に先立ち、入城準備を整えるため、京都の下屋敷を経て、大坂入りしたのであった。

大坂城代は、譜代大名の役職である。

天下の台所と呼ばれる大坂を、町奉行のさらに上に立って統括する重要な役で、有事の際には西国の守りの要ともなる。

城代本人は、家臣団を引きつれ大行列を仕立てて入城するのが慣習だが、そのためには、家中の一部が御先用の任に着き、前もって現地入りし、受け入れの準備をしなければならない。

小浜藩では、すでに大坂に蔵屋敷を構えて藩士を常駐させているが、蔵役人だけではとても手が回らず、大名や旗本とのやりとりになれている江戸屋敷の者を手助けに呼ぶことになった。

先用の衆をとりしきっているのは、岩田惣右衛門《いわたそうえもん》という初老の男だった。先代の藩主から側近くに使えていた重臣である。若い頃には大坂の蔵屋敷にいた経験もあった。

その下に、数名の若い武士が付き従っている。みな大坂の地は初めてで、船着き場のすぐ東に見える大坂城の櫓《やぐら》に、圧倒されたように目を丸くしていた。

大坂城は、嘉永《かえい》四年（一八五一）の今では、天守閣はすでに燃えてなく、櫓だけが残っているのだが、それでも西国一の巨大な城は、商都の夜明けに凜《りん》としてそびえていた。

「行くぞ」

岩田惣右衛門は、みなに声をかけた。

蔵屋敷から、駕籠を仕立てて迎えが来ている。

一行はとりあえず、用意された宿に入り、そこを仮の役所として動くことになっていた。

すでに、岩田の頭のなかでは、これから数日のうちにやらねばならぬことが、順をおって組み上げられていた。

(まずは、下屋敷に伺って、前の御城代、越後《えちご》村上藩主内藤紀伊守《ないとうきいのかみ》様にご挨拶《あいさつ》をせねばならぬ。次いで、大坂城の城番《じょうばん》、米倉丹後守《よねくらたんごのかみ》様、米津越中守《よねづえっちゅうのかみ》様のご両名から、ご挨拶を受けることになろう。続いて、東西の町奉行所との挨拶。さらには、三郷《さんごう》の惣年寄《そうどしより》衆。そうこうしている間には、商人たちが祝儀を持ってやってくるはずだ。そちらを仕切りながら、先の城代殿の御家中と打ち合わせをすませ、城代屋敷の引き継ぎの手続きをすすめなければ……)

宿は、城代屋敷にほど近い、南革屋町《みなみかわや》にとってあった。

先用の衆に供の者を加えると人数も多く、全員が一軒の宿には泊まれないため、松尾町と北革屋町にも手配してある。

すぐに宿から城代屋敷に移れればよいのだが、引き継ぎの手順が悪ければそうもいかない。

（内藤紀伊守様の御家中と、上手く話ができればよいのだが）

大名から大名へと一つの役職を引き継ぐ際には、やはり複雑な感情のやりとりというものがある。役職を追われるものと、役職を得たものだ。相手がさらに上の役職を得ての交替ならばよいが、そうでなければなかなかに難しい。

（特に、今度の場合は、な……）

岩田惣右衛門とて、自分の主がこの役職をつかみ取るために、かなり強引に幕閣に働きかけたことを知っている。

その結果として、城代の交替が大方の予想よりも早くおこなわれることになった、という事実もだ。

（それで、紀伊守様が御老中にでもなられれば良かったのだが……）

名門の大名といえど、出世できるかどうかは、当人の資質に関わってくる。出世するものがいれば、その陰でつまずくものもいる。

引き継ぎは、すんなりとはいかぬかもしれぬと思った。

城代下屋敷に挨拶に出向く際には、充分な手土産を持参するつもりであるし、それだけでなく、江戸の藩邸から内藤家の江戸屋敷にも、相当の品を贈っているはずだが、その効き目がどれほどあることか。

難しい顔つきで岩田惣右衛門は迎えの駕籠に乗り、宿に向けて出立した。

二

「で、城代本人が城に入るのは、いつ頃になるんだ？」

若狭屋《わかさや》の離れに久しぶりに顔を見せた丹羽祥吾《にわしょうご》に、甲次郎《こうじろう》は訊《たず》ねた。

幼なじみの二人ではあるが、会うのは一ヶ月ぶりだった。

東町奉行所の切れ者同心と呼ばれる丹羽祥吾は、近頃は、若狭屋に寄ることがあっても、店先で主人の宗兵衛《そうべえ》に挨拶するのが関の山で、養子である甲次郎が暮らす離れまでは顔を見せずに帰っていた。

町廻りの激務は今に始まったことではないが、今は、城代の交替にともなって、さらに雑事が増えているようだった。

珍しく日差しが暖かだから、と濡れ縁に並んで座りながら甲次郎は祥吾を見た。芝居役者にもなれそうだ、と町娘に噂される祥吾の顔には、疲れが色濃い。甲次郎と同じく今年で二十五のはずだが、さすがに無理を重ねすぎたようだ。

まだ昼下がりだというのに、こうして自分の元にやってきたのは、ひとときでも息抜きをしたかったからではないか、と甲次郎は思った。

ゆっくりと茶でも出してやりたかったが、あいにく今は、甲次郎の許嫁《いいなずけ》である若狭屋の一人娘信乃《しの》も、若狭屋に寄宿中の親戚筋の娘千佐《ちさ》も出かけてしまっていた。黙っていても気を利かせてくれる娘たちがいないでは、どうにも愛想のないことになる。

だが、祥吾は気にしていない様子だった。

「入城か。年明けにはなるだろうな」

わずかな思案の後、祥吾は言った。

「御城代が替わると、お城のなかは様変わりする。玉造口《たまつくりぐち》、京橋口の城番、蔵目付、金役、普請役、小買物役といった諸々の役、それらに就く者すべてが、新しい御城代の御先用の方々と挨拶を済まさねばならぬ。城代ご本人の入城は、それらすべてが終わったあとだ。となると、早くて一月、遅ければ二月になろう」

「たいそうな話だな」

大坂城の守り役とはいえ、この泰平の世、実態はお飾りで、大した役目などないのでは、などと甲次郎は思っていたのだが、そうでもないらしい。

「西国一の錦城を預かるお役目だ。むろん城代お一人ですべてを差配されるわけではないが、金蔵の中身や鉄砲蔵の武具、大坂を支える諸々のものが城には集められているのだからな。引き継ぎもそう簡単にはいかん」

「お城の鉄砲なんざ、実際に使うこともないだろう。……とも言い切れねえからな、近頃は」

大塩騒動では、大坂城代や、その補佐役ともいうべき城番の率いる軍勢が、馬を引き鉄砲隊を従えて出動する騒ぎとなった。

その後も、港から見えるほどの近海を異国船がうろついて、沿岸の警固が声高に叫ばれるようになっている。

大坂の町は、今や泰平とも言い難い状況だ。

「年明けといっても、あとひと月しかないのだ。酒井家の御家中は、江戸詰めの藩士まで呼び寄せて、大騒ぎだ」

「望んで得た役職なんだ。結構なことじゃねえか。……まあ、酒井家のことには、おれはもう、関わる気はないが」

「……」

甲次郎の言葉に祥吾が口を閉ざしたのは、夏の終わりに二人が巻き込まれた一件を思い出したからだろう。

甲次郎も、しばし黙って、ため息などつきながら庭に目をやった。

無言で眺めた中庭は、気がつけば、紅葉がすっかり落ち、殺風景な冬景色となっていた。

毎朝、枯れ葉を掃き清めるのは千佐の役目だったのだが、この頃は、その箒《ほうき》の音でまどろみから目覚めることもなくなった。最近、何か朝が味気ないと思っていたが、そのせいだったのだ、と甲次郎はこのとき初めて気づいた。同時に、そんな自分ののんきな暮らしぶりを祥吾と引き比べ、思わず笑いそうになった。

甲次郎は、特に老舗《しにせ》でも大店《おおだな》でもない呉服屋、若狭屋の養子だ。養父宗兵衛が一代で築き上げた店を、いずれは継ぐことになっているが、今はまだ、何者でもない。

夫婦になるはずの若狭屋の家付き娘信乃が病弱で祝言が遅れているのを幸い、ふらふらと気ままな暮らしを続けている。

そんな自分が、町奉行所の切れ者同心と呼ばれる祥吾と親しく付き合い続けているのも、妙な話だった。

二人が出会ったのは、幼い頃に通った町の剣術道場でのことで、それ以来の付き合いだから、気心のしれた仲ではあるのだが、武士と町人という身分の差は、歴然と存在している。

幼い頃から若狭屋で育てられた甲次郎の実の親は武士なのだが、甲次郎が親の名を知ったのは、ほんの二ヶ月ほど前だ。当然、祥吾は何も知らない。

（まあ、おいそれと言えることじゃねえからな。次の大坂城代が実の親だ、なんて話は）

甲次郎自身も、まだ、その事実をもてあましているところがあった。

酒井家の江戸藩邸から赤子の頃に母に連れ出された甲次郎は、その後、母の死とともに若狭屋で暮らすようになった。どうしてそうなったのか、詳しいいきさつはまだ知らない。

この歳まで知らずにきたのだから、気に留めまいとも思っている。

城代の交替についても、意識すまいと思っているのだ。

それでも、たえず胸のどこかにひっかかってはいる。

「ところで、お前に話がある」

ふいに、あらたまった声音で、祥吾が切り出した。

「最近、豊次《とよじ》と会ったことがあるか？」

「豊次？　大工の倅《せがれ》の豊次か？」

「そうだ。道場で一緒だった、豊次だ」

甲次郎の通った道場は一風変わったところで、師匠の了斎《りようさい》は一流の武芸者ではあるが商家の出で、門下には、祥吾のような役人の跡取り息子から、甲次郎のような商人の養子、さらには、長屋育ちの職人の息子まで顔を見せていた。

大工の長男の豊次は、幼い頃からおとなしく体も虚弱だったとかで、父親が心配して、武芸の道場に放り込んだらしい。

歳は甲次郎よりも一つ下で、確かに気は弱かったが、黙々と稽古《けいこ》に精を出し、師匠にも可愛がられていた。

とはいえ、豊次は半年ほど通ってきただけで、じきに顔を見せなくなった。

利き手を怪我し、竹刀が握れなくなったからとの話で、実際、後に甲次郎が賭場でばったりと顔を合わせたときには、右手には大きな火傷《やけど》の痕《あと》があった。

「賭場で会ったと、いつかお前が言っていただろう」

「だが、あれは、もう三年も前の話だぞ。おれが大坂に帰ってきた時分のことだからな」

十五の歳に、甲次郎はぐれて家を飛び出したことがあった。

喧嘩沙汰に明け暮れながら、一時は江戸で暮らしたりもしたのだが、育った町が懐かしく、三年前に大坂に舞い戻ってきた。

その後、暮らしを慎むようになり、賭けごとからも足を洗ったのだが、それでも帰ってきてしばらくは放蕩していた頃の癖が抜けず、つい居酒屋で隣り合わせた男に誘われるまま、賭場に足を踏み入れてしまったのだ。

そこで、豊次に会った。

豊次は、やくざ者にカモにされ、慣れない賭場で身ぐるみ剝《は》がれかけていた。それを助け出してやったのは甲次郎だったが、おとなしいお前が賭場なんぞに出入りするなと兄貴風を吹かせた甲次郎に、豊次はひどく反発して、殴りかかってきた。

互いに酔っていたから、本気での殴り合いにこそならなかったが、そのときに豊次が口にしたことを、甲次郎は覚えている。

おれは大工にはなれなかった、何もできない半人前だ、と酔いに紛れて豊次は泣いたのだ。

聞けば、道場をやめる理由となった右手の火傷は、豊次の手のひらの皮をひどくひきつらせてしまい、親指から自由を奪った。

竹刀が握れないことなど職人の倅には大した問題ではなかったが、父親の跡を継いで大工になる夢までも断たれてしまった。諦めきれずに何度も鑿《のみ》を握ろうとしたが、何度やっても上手くはいかない。とうとう父親に、もう二度と大工道具は持つなと言われてしまったという。

それで何もかも嫌になった、と豊次は言った。

町をふらふらしていたところ、やくざ者に目をつけられ、賭場に出入りするようになったのが一ヶ月前のことだとかで、そのときの豊次は、すでにかなりの借金もこしらえていた。

もう生きていてもしょうないんや、と泣く豊次に、右手など動かずとも、できることはごまんとある。投げやりになるな、と甲次郎らしくもなく説教をし、家まで送り届けたのだが、その後、立ち直ったのかどうか。

気にはなっていたが、それきり会いに行くこともしていなかった。

「あいつが、どうかしたのか」

最後に見た豊次の、拗《す》ねたような顔を思い出しながら、甲次郎は訊ねた。

祥吾は、甲次郎をちらりと見たあと、わずかに逡巡《しゅんじゅん》したが、言った。

「人を、殺した」

「なんだって」

甲次郎は、まさか、と祥吾の顔を見直した。

「嘘だろう」

「間違いない。一昨日、曾根崎《そねざき》の飲み屋でのことだ。知り合いが大勢その場にいた。見間違いはありえない」

「だが、豊次はそんな奴じゃない」

「事実だ」

祥吾の声は冷静だった。

それでも、甲次郎には信じられなかった。

確かに、豊次は道を踏み外しかけていた。

しかし、根は優しい男だったのだ。初めて道場に来たとき、竹刀でたたき合うなど恐ろしい、と震えていた豊次だ。人殺しなど、するはずがなかった。

「賭場に一緒に出入りしていた破落戸《ごろつき》仲間を刺したのだ。町役人から知らせを受けて、おれが駆けつけたときには、刺された男は事切れ、豊次は逃げた後だった」

「理由があったんだろう」

甲次郎の声は、知らず、大きくなっていた。

「でなければ、豊次が人を刺すはずがない」

「理由があろうとなかろうと、同じだ」

祥吾は厳しく言い放った。

「奉行所は豊次を捜している。もしかしたら、お前のところに逃げ込んでくるかもしれん。来たら、おれに知らせろ」

「知らせたら、お前はどうするんだ」

「決まっている。牢に入れる」

「待てよ、祥吾。お前、判ってるんだろう。人殺しは死罪だ。牢に入れられれば、豊次はそのまま……」

「人を殺したのだ。仕方のないことだ」

「だが……それでは、あまりに惨《むご》いじゃねえか」

「甲次郎」

祥吾は乱暴に、甲次郎を遮った。

「豊次は丸腰の仲間を刺し殺した。自分の身を守るためでも、誰かを助けるためでもなく、ただ、刺したのだ。それは、死に値する罪だ」

「……」

「奴の父親のところには、すでに手先を張り付かせてある。逃げ場をなくした豊次は、お前のところに来るかもしれない。来たら、奉行所に出向くように言え。従わないようであれば、お前が連れてこい」

お前に話しておきたかったのはそれだけだ、と祥吾は立ち上がった。

待てよ、と引き留めようとした甲次郎を見下ろし、念を押すように、祥吾は言った。

「かばいだてするなよ。罪人を隠せば、お前も罪に問われる。いいな」

三

祥吾が帰った後、甲次郎はしばし濡れ縁で考え込んでいたが、やがて立ち上がると、裏口から店を出た。

東横堀《よこぼり》の端まで出た後、北に向かった。

天満郷《てんまごう》に行くつもりだった。

大坂市中は、北組、南組、天満郷と大きく三つに分けて呼ばれ、大川を渡って北側が天満郷にあたる。

甲次郎と祥吾、そして、豊次が出会った町道場が、そこにあった。

師範をつとめる了斎は商家の出で、それだけでも剣術道場としては風変わりなのだが、さらに風変わりなのは道場の名だった。

師匠が商売をしていた時分に使っていた看板をそのまま道場にかけたため、道場の名は、御昆布屋《おこんぶや》というのである。

商家の屋号としても据わりの悪い名だが、剣術道場となればさらに似合わない。質《たち》の悪い道場破りが来ても大丈夫や、こないな看板は欲しがらん、と磊落《らいらく》な師匠は得意げに笑っていたが、甲次郎が幼い頃は、なんとなくみっともないと感じたものだった。

それでも、了斎は、甲次郎には大切な師匠だった。

傷ついた身で頼る者が見つからなかったとき、師匠のところに駆け込んだこともあった。

ならば、あるいは豊次も師匠のもとに逃げ込んでいるかもしれない、と甲次郎は思ったのだった。

むろん、甲次郎が思いついたのだから、すでに祥吾も同じことを考えて、師匠のところには行っているだろう。

だが、了斎ならば、祥吾から釘を刺されても、すべて承知で豊次を匿《かくま》ってやるのではないかと思った。

そして、東町奉行所の鬼同心と呼ばれる祥吾でも、師匠が相手ならば、強引なことはできないはずだ。

豊次が道場にいてくれればいい、と甲次郎は願った。

そうすれば、どうしてこんなことになったのか話を聞き、事情によっては、町奉行所の目の届かないところに逃がすなり何なり、策を講じることができる。

人殺しは罪だとは甲次郎にも判っていたが、それでもやはり、豊次をみすみす縛り首にするのは忍びなかった。

そんなことをあれこれ考えながら、甲次郎は天神橋で大川を渡り、天満天神の森が見える辺りまで来た。

そのときだった。

雷鳴に似た轟音が、甲次郎の耳をつんざいた。

同時に、右の頬《ほお》に強烈な熱を感じ、たまらず、目を閉じた。

正面から強い風が吹き抜け、ばらばらと何かが飛んできて、顔や体に当たった。

異様な風は一瞬で止んだが、目を開ければ、辺りには焦《こ》げたような匂いが漂っていた。

(なんだ?)

甲次郎は足を止め、何が起こったのか判らないまま、呆然《ぼうぜん》と辺りを見回した。

激しい音が、まだ鼓膜を震わせていて、まわりの音が聞こえない。

だが、尋常でないことが起きたのは判った。

(いったい何だ)

頬に痛みを感じ、手で触れると、血がにじみ出していた。

さきほどの風で飛ばされてきた何かが当たって、切れたのだ。

「……火事や!」

まだ聞き取りにくい耳に、悲鳴が届いた。

そこで、ようやく、甲次郎はすぐ目の前の店から煙があがっているのに気づいた。

燃えているのは、小さな飲み屋だった。

看板代わりにぶら下がった徳利と入り口の縄暖簾《なわのれん》で、ようやく飲み屋と判るような店だ。なかは、おそらく飯台《はんだい》に腰掛けを五、六人ぶん設《しつら》えた程度の造りで、常連客に夕飯を食べさせて細々と儲《もう》けている店だろう。

入り口から煙が吹き出している。

さきほどの雷か、と甲次郎は思った。

空はからりと晴れ、雲一つないが、それでも雷が落ちることもあるのだろうか。

甲次郎は、店に駆け寄った。

「おい、中に誰かいるのか。早く外に出ろ!」

縄暖簾から首をつっこんで叫んだが、すでに中は煙に満ちて、何も見えない。

かすかな声だけが聞こえた。

中に男がいるようだ。

「おい、どうした。出てこられないのか」

わめく甲次郎の背中から、誰かが声をかけてきた。

「熊七《くましち》が中におるんか?」

振り返ると、前掛け姿の商家の奉公人だった。他にも、近所から駆けつけてきた者が数人、店の外に集まりはじめていた。

「天水桶はどこだ?」

甲次郎は、その人垣に叫んだ。

「大した火じゃねえ。今なら、燃えあがる前に消せる」

水はこっちだ、と人垣の中から一人が三軒ほど向こうを指さし、走り出した。

何人かが後に続いた。

だが、同時に、中で悲鳴と天井の崩れ落ちる音がした。

「大丈夫か」

と叫んで、甲次郎は、思い切って店の中に飛び込んだ。

水をかぶってからのほうがいい、と思ったが、天水桶から水を汲んでくるのを待っていては、手遅れになりそうだった。

中の男は動けずにいるようだ。

「声を出せ。助けに行く」

熱さに耐えながら、甲次郎は叫んだ。

炎の中、木の爆《は》ぜる音がする。

煙でまともに視界がきかないので、どこにいるのか判らない。

こっちや、と、かすれた声がした。

目を細めながら炎に照らされた店の奥を見やると、かすかに人影が動いた。

飯台の奥の板場《いたば》にいるらしい。

すぐに行く、と甲次郎は奥に叫んだ。

「助けてくれ」

と弱々しい声が返ってきた。

さらに、何かが崩れる音がした。

甲次郎は焦りを覚えながら、一方で、妙だなと冷静に思った。

火の勢いは、それほどではない。

だが、板場の方は、すでに天井まで崩れているようだった。

火の気があったのは板場らしい。火が出てすぐに煙に巻かれたのかもしれない。と、そこまで考え、甲次郎は、いや、内から火が出たのではなかった、と思い直した。

雷火だった。

でなければ、あの轟音と、強烈な風は、説明がつかない。

もっとも、甲次郎とて、雷が落ちたときに、まわりのものを吹き飛ばす風が吹くのかどうかは知らなかったが。

「十五郎《じゅうごろう》はんか。助けてくれ。……あいつに火をつけられた」

中の男は、甲次郎を誰かと間違っているようで、妙なことを叫んだ。

「……あの恩知らず、長助《ちょうすけ》の次は、わしまで、逆恨みで……」

男は、激しく咳き込んだ。

喋《しゃべ》るために息を吸おうとし、煙にやられたらしい。

背を折って咳をする男の姿が、ようやく、甲次郎の目にはっきりと見えた。

手を伸ばせば届くところに男はいた。

助けられる――そう思った瞬間だった。

男の上に梁《はり》が崩れ落ちるのを、甲次郎は見た。


近所の者たちが必死に水をかけ、なんとか延焼せずに、火はおさまった。

飲み屋は、中身はすっかり焼けてしまったが、壁も屋根もなんとか残っていた。近隣の者は一安心、というところだろう。

だが、中にいた熊七という名の店の主人は、梁の下敷きになって死んだ。

甲次郎は、疲れた体を向かいの家の壁にもたせかけ、喧噪《けんそう》から離れて、ぼんやりと野次馬たちが集まってくるのを見ていた。

あとわずかのところで、店の主人を救えなかった。

全身から力が抜けていた。

最期の瞬間、甲次郎はいちばん近くにいたのだ。

いまわの際《きわ》の叫びも、まだ耳に残っていた。

甲次郎自身も着物の裾も袖も焼けこげ、手足のあちこちがひりひりしたが、自分でそれを確認する気にもならなかった。

わずかの差で助け損ねた命は、ひどく重く心にのしかかってくる。

そんな甲次郎の思いとは裏腹に、集まってきた野次馬たちの反応は冷ややかだった。

まったく人騒がせな、と、誰かが聞こえよがしに言った。

「ものすごい音やさかい、何事かと思たら、熊七んとこが火事やとはな」

「雷かと思たけど、違うみたいやな。中を見たら、板場から火が出てたようや」

「油でもひっくり返したんと違うか、あのすごい音は。商売もええけど、火の始末だけはきちんとしてほしかったわ。ほなら、自分も死なんですんだんや。……まあ自業自得、日頃の行いの報いやな」

「普段から夜っぴて騒がしゅうて、迷惑しとったんや。いつかこないな不始末しでかすんやないかと思てたわ。熊七も、また昼間っから酔っとったんと違うか」

同情よりも非難の声ばかりで、あけすけな会話に、言い過ぎではないかとなだめる者すらいない。

（人が一人死んだというのに）

甲次郎は野次馬から目を背《そむ》けた。

「怪我をされたようだな」

人垣の中から、袴姿の武士が、甲次郎の方に歩み寄ってきた。

「炎の中に入っていかれたというが、手当をされたほうがいいのではないか。医者も、来ているようだが」

「必要ねえよ」

甲次郎は首を振った。

若い武士だった。甲次郎より、二つ三つ年下だろう。

あたりは商家ばかりで、武士が近所に住んでいるとは思えない。甲次郎同様、通りすがりで足を止めたに違いない。

どこぞの藩の蔵役人といったいでたちで、日頃は蔵屋敷で勘定に明け暮れているのであろう、やせぎすの優男《やさおとこ》だった。

見るからに町人である甲次郎に、ぞんざいな言葉を返されたことに、武士は一瞬、むっとしたようだったが、気を取り直すように咳払いをし、

「おぬしは、あの店の主人とはお知り合いだったのか？　残念ながら亡くなられたようだが」

「通りすがりだ。名前も知らねえな」

ほう、と意外そうに、武士は甲次郎を見直した。

「では、通りすがりのおぬしが、店の者を助けるために、命懸けで中に入ったのか」

「命なんざ懸けた覚えはない。現に、おれはぴんぴんしてる」

「そうか。それは何よりだ。で、おぬしは、店の主人となかで喋ったのか？」

「少しはな」

「熊七は、何か言っていなかったか」

「どういうことだ」

なんでそんなことを訊《き》くんだ、と甲次郎は相手を見返した。

いや、それは、と武士はごまかすように口ごもりながら言った。

「どうしてこのような火事が起こったのか、何か口にしなかったか、と……」

「なんだ。あんた、奉行所の役人か何かか？」

甲次郎は、相手の身なりをもう一度見直した。

町奉行所には隠密廻りと称して、十手を持たずにうろつく者もいる。

だが、たいていは、町人になりすましていると聞いていた。

とんでもない、と大袈裟《おおげさ》に武士は首を振った。

「じゃあ、なんで、そんなことを訊く」

「いや、その……実は店の主人の熊七とは、少々面識があってな。最期の言葉があれば、聞いておきたい」

武士は真面目な顔を作って言った。

その顔を見ながら、甲次郎は、熊七というらしい店の主人の、死ぬ間際の言葉を思い出してみた。

（火をつけられた。あの恩知らず、長助の次は、わしまで……）

思い出してみれば、火付けをされた、と熊七は言ったのだった。

それは、聞き流せない言葉だった。

火付けは言うまでもなく、重罪である。

甲次郎は、壁から身を起こして立ち上がった。

そのまま歩きだそうとするのを、武士は慌てて呼び止めた。

「待て。まだ話は終わっていないぞ」

「おれには話すことはねえよ」

目の前の武士は、どうにも胡散臭《うさん》かった。

奉行所の役人でないなら、なぜ、火事のことをさぐりたがるのか。

火付けと関わりがあるのではないか、と甲次郎は勘ぐった。甲次郎が熊七に何か聞いたのではないかと懸念している様子でもある。

余計なことは、言わない方がいい。

火付け事件に深入りする気はさらさらないが、甲次郎には町奉行所に知り合いがいる。熊七の最期の言葉は、そちらに告げたほうがよいと思った。それが、助けられなかった熊七にしてやれる唯一のことだ。

「待ってくれ。では、せめて、おぬしの名前を」

武士は、しつこかった。

「そんなもの、聞いてどうする」

「死んだ店の者には身内もいるだろう。そちらにお伝えして……」

「おれの名前を使って、身内に恩を着せて謝礼でもせびりとるのか？　やめとけ。すぐばれるぞ」

「何を馬鹿な。そんなつもりはない」

「じゃあ、なんでそっちが名乗らねえんだ。ひとに名を訊く態度じゃねえだろう」

「……………」

喋っている間に、人垣のなかに甲次郎の方をちらちらと見る者が出てきた。

これ以上目立ちたくない。

甲次郎は早く立ち去ろうときびすを返した。

「甲次郎さん」

そこで、ふいに耳慣れた声に名を呼ばれた。

おや、と甲次郎は眉をあげた。

野次馬の人垣の向こうから駆け寄ってくるのは、山吹色の着物を着た娘だった。

声だけで、甲次郎には、間違えようのない相手だった。

千佐である。

なんでここにいるのか判らない。

若狭屋の夫婦にとっては姪にあたり、母屋《おもや》と離れという違いはあるが、甲次郎とは一つ屋根の下で暮らしている娘だ。

千佐は市中の生まれではなく、大坂の町を南に五里ほど下がったところにある在郷町富田林《ざいごうまちとんだばやし》の造り酒屋の末娘で、若狭屋には、九つのとき、寺子屋に通うために寄宿を始めた。

在郷町の富裕な家では、子どもを大坂市中に寄宿させ、寺子屋に通わせたり、習い事をさせたりするのが慣わしなのだ。

もっとも、千佐のように二十歳《はたち》になってなお市中にとどまっている者は少ない。

千佐が嫁ぎ遅れと言われる年齢《とし》になっても、なお若狭屋に暮らしているのには、むろん理由があった。

千佐の従妹にあたる若狭屋の一人娘信乃が、ひどく病弱で、数年前まで家から出ることもままならなかったのだ。

信乃に万一のことがあれば、千佐を養女にして婿を取らせ、若狭屋の跡を継がせようとの思惑を親類たちは持っており、そのため、千佐は生家に帰りそびれることになった。

その場合、千佐の夫にと考えられていたのは、信乃の許婚であり若狭屋の養子でもある甲次郎だったのだが、蘭方《らんぽう》医学のおかげで信乃が人並みの体に近づき、普通の娘と同じに出歩けるようになった今では、そんな話は誰の胸からも消えてしまっている。

千佐は、あっという間に甲次郎に走り寄ってきた。

「甲次郎さん。どないしたん、その恰好。まさか、火事になったお店にいはったん？」

千佐の顔が見る間に青くなっていく。

それほどひどい姿をしているのか、と甲次郎はあらためて自分の恰好を見直した。言われてみれば、両手は煤《すす》だらけだ。

千佐は、そんな甲次郎の顔を見上げ、震え声をあげた。

「血が出てる」

「ああ、これか」

甲次郎は、自分の頬に手をあてた。血はすでに止まって、痛みもほとんどない。

「たいしたことねえよ。初めの風で、何かが吹っ飛んできたから、そのときにできた傷だ」

「何かが吹っ飛んできただと。……そのような激しい燃え方だったのか」

横から言葉をはさんできたのは、さきほどの武士だった。

まだいたのかと甲次郎は舌打ちし、千佐は慌ててそちらを見やった。

「甲次郎さん、こちらは……？」

「知らない男だ。関係ねえよ」

「そやけど」

「いいから、来い」

甲次郎は武士を無視し、千佐の手をつかんで、強引に歩き出した。

得体のしれない男に、これ以上、千佐の顔を見せておきたくなかった。

うっかりと千佐が名乗りでもしたら、また危ない目に遭わせてしまうかもしれない。

二ヶ月前、甲次郎は好奇心から武家のからんだ事件に首を突っ込み、その結果、千佐にまで危害が及ぶことになったのだ。幸い、千佐は怪我も無く無事だったが、甲次郎は肝を冷やした。

あんな思いをするのは、もうたくさんだった。

「ちょ、ちょっと待って、甲次郎さん。うちも連れがいるんや」

千佐が、数間歩いたところで、甲次郎の手を振りほどいた。

「こんな人の多いところで手なんかつかまんといてくださいい」

千佐は頬を赤らめて怒っている。

「連れ？　お前、そういえば、なんでこんなところにいるんだ」

さっきの武士がついてきていないことを確かめた上で、甲次郎はあらためて訊ねた。

「天神さんに南蛮細工の屋台が出てて、とっても綺麗やって聞いたから。でも一緒にいたお美弥《みや》ちゃんが途中で具合悪うなってしもて、お参りはやめて、お家まで送っていくつもりやったんです」

と千佐は袖を整えながら言った。

「友達と屋台見物、ねえ」

それで、珍しく化粧までしているんだな、と甲次郎は思った。

珊瑚《さんご》の入った簪《かんざし》をし、唇に紅をさした千佐を、甲次郎は久しぶりに見たのだ。

このところ、千佐を見るときはいつも、若狭屋の庭で落ち葉を掃いている姿や店の奥向きを手伝っている姿だったから、娘らしく身なりを整えた千佐は新鮮だった。

「お美弥ちゃんの寄宿先、高麗《こうらい》橋の近くなんやけど、さっきの小火《ぼや》の煙で、余計に胸が悪うなってしもたみたいで」

困惑した顔で、千佐は人垣の向こうに目をやった。

そちらに美弥という娘が待っているらしい。

しょうがねえな、と甲次郎は舌打ちした。

そうと聞いては、放って行くわけにもいかなかった。

さっきの武士が姿を消しているのを再度確かめてから、甲次郎は、千佐とともに、その友達の元に足を向けた。

美弥は、焼けた飲み屋から三軒ほど離れた小間物屋の前でうずくまっていた。

甲次郎に気づき、立ち上がって挨拶をしようとしたが、それも無理なようだ。

「おい、大丈夫なのか」

美弥は袂で口元をおさえ、真っ青な顔をしていた。

「たいしたことありません」

と美弥は小声で言ったが、実際には、隣にかがみこんだ千佐にすがるようにしていた。

「たいしたことないって顔じゃねえな。家ってどこなんだ。おれがおぶっていってやろうか」

「そんな。結構です」

美弥は、弱いながらも、はっきりとした口調で首を振った。

それから、悪いと思ったのか、慌てて取り繕うように付け足した。

「……本当に、大丈夫ですから」

昼日中に往来で男におぶってもらうなどとんでもない、と思っているふうだ。

「だが、そうはいってもな」

このまま放っておくわけにもいかなかった。

体の弱い信乃とともに暮らしてきた千佐は、世話好きで面倒見がよい。

その千佐でも、このまま道ばたにいるのは少々辛かろう。

しょうがねえな、ともう一度つぶやいて、甲次郎はぐるりとあたりをみまわし、道をはさんで向かい側に、汁粉と暖簾のかかっている店を見つけた。

「このまま道ばたにうずくまってるのも人目につく。少しだけ我慢しな」

そう言って、甲次郎はかがみ込み、強引に美弥の体を抱き上げた。

きゃっ、と声をあげて美弥がますます青ざめた。

千佐もさすがに目を丸くした。

「ちょっと、甲次郎さん、何すんの」

往来で座り込んで人目にさらされているよりは、一瞬だけ我慢して店の座敷にあげてもらったほうが、よほどましだろう。

驚いて口もきけずにいる美弥に構わず、甲次郎はそのまま汁粉屋の暖簾をくぐり、女将《おかみ》を呼んだ。

「この娘さん、そこで具合が悪くなったらしいんでね。ちょっと、座敷貸してやってくれないか」

「まあ、それは、お困りでっしゃろ。かまいまへん。どうぞ、こちらへ」

愛想良く、女将は奥の座敷に案内してくれた。

千佐は、後ろからおろおろと、身を縮ませるようにしてついてきた。

美弥を座敷におろしたあと、甲次郎は、千佐に後を任せてその場を離れた。

それから、あらためて女将を呼んで、井戸を使わせてくれと頼んだ。

さっきの火事騒ぎで汚れたままの手や顔を洗いたかったし、火傷の傷も冷やしておきたかった。

座敷の借り賃も含めて、多めに銭を手渡して、甲次郎は案内された井戸端で顔を洗った。

「いいから、来い」

借りた手ぬぐいで顔を拭きながら、どうにも妙なことになっている、と思った。

師匠のところに行かなければならないのだが、寄り道ばかりだ。

店に戻ると、千佐が一人で土間に立っていた。

甲次郎さんおおきに、と律儀に言ったあと、

「無茶しはるから、驚きました。お美弥ちゃん、余計、真っ青になってしもて。往来であんなふうに抱き上げるやて……」

と言いさして、千佐はかすかに頰を染めて言葉を濁した。

そういう言葉をはっきり言うのもはばかられるらしい。

そこまで初心《うぶ》でもないだろうに、と甲次郎は言ってやりたくなったが、口には出さなかった。

「しょうがないだろう。いつまでも道ばたにいたってどうしようもねえ」

「誰か見てたらどないしょうって、お美弥ちゃん、狼狽《うろた》えてはりました。近所の人にでも見られて、誤解されたら困る、って。こないだ、縁談が決まらはったばっかりやし」

「縁談ね。そりゃめでたい話だな。だとしたら、余計に体には気をつけなきゃな

らねえだろう。それに、誤解も何もねえよ、具合が悪くて座りこんでたんだからな。それより、おれは用事があるんでね。悪いが、後はお前一人で……」

甲次郎が、そこまで言いかけたときだった。

店の暖簾をくぐって、一人の男が姿を見せた。

「おい、女将はいるか。さっき通りの向こうで起きた小火のことで、まわりに話を聞いてるんだが……」

そこまで言って、着流しに十手のその男は言葉を飲み込んだ。

甲次郎を見つけて、驚いたようだった。

甲次郎も、同じ表情になった。

店に入ってきたのは、丹羽祥吾だったのだ。

どうも今日は妙な巡り合わせになる日だな、と甲次郎は苦笑した。

祥吾は、驚きの表情を消したあと、焼けこげた甲次郎の着物をじろじろと見た。

「お前がそういう恰好でここにいるということは、もしかして、燃えている店に飛び込んだ通りすがりの男というのは、お前だったのか」

「見りゃ判るだろう。おかげで、着物を一枚だめにした。あげくに、店の主人は助けられなかった」

ご苦労だったとも、怪我はないかとも、祥吾は言わなかった。

うかがうように甲次郎を見たあと、

「火がおさまったあと、武士と話していたと聞いたが、知り合いか」

「武士？　ああ、あいつか。お前、そんなことまで知ってるのか。さすがに早耳だな。いや、初めて会った男だ」

「死んだ店の主人のことも、お前は知らなかったんだな？」

「そうだ。だが、そいつの遺言は聞いたぜ」

それをお前に言おうと思ってたんだ、と甲次郎は祥吾に、燃える店の中で聞いた言葉を告げた。

祥吾の顔が強張《こわば》った。

「そうか、熊七がそんなことを」

言ったきり、黙り込んだ。

「あれは、やっぱり付け火だったのか。お前、何か事情を知ってるみたいだな」

「付け火かどうかは今は判らんが、とにかく、あの店は以前から評判の悪い店だった」

「そのようだな。近所の連中も、誰も同情していなかった。人が一人死んだってのに」

「まわりにはまわりの事情があるのだ。……で、お前に声をかけてきた武士だが、どんな奴だった。どこに行ったか知らないか」

「どんなって言われてもな。どこぞの蔵役人に見えたぞ。若いひょろりとした侍だ。どこに行ったかなど、知らん。ぐだぐだと話しかけてきたから、鬱陶《うっとう》しくなって放ってきた。やはり、奴に何かあるのか。付け火をしたのはあいつだというんじゃないだろうな」

「いや……」

祥吾は、言葉を濁した。

傍らで控えめに話を聞いていた千佐が、女中の持ってきた白湯《さゆ》を受け取り、会釈して座敷に消えた。

祥吾がちらりとそちらに目を向けたのを見て、甲次郎は先回りして言った。

「言っておくが、昼日中から女と座敷で汁粉を食う趣味はおれにはねえからな。たまたま、そこの道ばたで千佐と会ったんだよ。そうしたら、あいつの連れが具合が悪いらしくて……」

「たまたまか。判った」

祥吾は、甲次郎の言葉を途中で遮った。

「もういい。悪いが、どうやら、お前と長話をしている暇はなくなった。貴重な話を聞かせてもらった。礼を言う」

おかげで火事について調べなければならないことが増えた、と祥吾は言った。

それが何なのか気にはなったが、訊いても祥吾は応えまいと甲次郎は思った。

お役目のことには、とにかく生真面目な男だ。

「判った」

あんまり無茶はするなよ、と甲次郎は言った。

うなずいて、祥吾は店の入り口に戻ったが、そこで足を止め、

「甲次郎。言い忘れたが……」

鋭い目で振り返った。

「おれは、この小火騒ぎの聞き込みが終わり次第、師匠のところに行く。お前には、おれが師匠のところに行く理由が判るはずだ」

「……」

「お前が何のために天満あたりをうろうろしているのか訊く気はないが、おれは

師匠に話をしたら、道場に手先を置いて行く。誰かが逃げ込んでくればすぐに判る」

「おい、祥吾、待てよ。お前は本気で豊次を……」

「いいか、甲次郎。もう一度言っておく。妙な情けを起こすな。さっきおれが言ったことを忘れるな。おれにお前を捕まえさせるな。いいな」

返事を待たずに店を出て行く祥吾の背に、甲次郎はひとつ舌打ちをした。

それでも気が収まらず、近くにあった腰掛けの足を蹴《け》り飛ばし、馬鹿野郎、とつぶやいた。

四

美弥は、座敷で半刻ほど休んだあと、なんとか歩けるようになった。

甲次郎は、結局、千佐とともに美弥を家まで送り届けてやった。

師匠の元に行くのは、諦めざるを得なくなったからだ。

祥吾に釘を刺されては仕方がなかった。

町奉行所の手先が張り付いているなら、豊次がそこに逃げ込むのは難しい。

師匠とて、豊次をかばうことは困難だろう。

だが、豊次の行きそうな場所は、道場だけではない。

甲次郎に思いつくのは、以前に豊次と出会った賭場か、その賭場に甲次郎を誘った男がたむろしていた飲み屋くらいだったが、それでも可能性はあった。

丹羽祥吾は有能な同心だ。本気で網をはられたら、豊次が逃げ延びるのは至難の業だ。

それでも、甲次郎は、諦めたくはなかった。

自分ならば祥吾の裏をかくこともできるかもしれないと、まだ望みを持っていた。

いずれにせよ、行き先が師匠の元でなく賭場や飲み屋となれば、日が落ちてからだ。そのほうがいい。そういった場所にひとが集まるのは、戌《いぬ》の刻を過ぎた頃からだ。

そうと決まれば、急いで若狭屋に戻る必要はない。甲次郎は、友達の体を案じる千佐に、つきあってやることにしたのだ。

「お美弥ちゃん、うちと同じで、市中に寄宿してはるんや」

美弥の寄宿先である饅頭屋《まんじゆうや》からの帰り道、千佐と甲次郎は、少しばかり話をした。

「そやから、話も合うし、寺子屋の頃から、仲良うしてました」

美弥の出身は、長内村ということだった。

甲次郎には耳慣れない名だったが、市中からだと北に三里ほど離れたあたりらしい。

千佐の故郷の富田林は在郷町で、商家が多い。それにくらべて、長内村はほとんどが百姓だった。

美弥は庄屋の家に生まれ、姉が三人、兄が二人の子だくさんの家に育ったため、一人くらいは町で嫁入り先があれば、と縁談をこちらで探していたらしい。

「寺子屋で一緒やった寄宿の子は、ほとんど故郷に帰ったけど」

そんなわけがあって、美弥はいつまでも市中にとどまっており、同じく市中に居続けていた千佐とは、気の合う者どうしだった。

そうか、とだけ甲次郎は応えた。

千佐が富田林に帰らずにいた理由は、もちろん、互いに判っている。

信乃の体が治らなければ、いつか夫婦になるのだと、意識し合っていたこともある二人だった。

若狭屋の者には決して言えないことだが、一度だけ、二人で座敷にあがったこともある。

むろん、二人連れに場所を貸して金をとる類の座敷にだ。

だが、今は、そんなことはお互いに忘れたふりをしている。

忘れなければならない立場だった。

病弱だった信乃は、今ではもう、千佐とほとんど変わらないほどに動けるようになり、店の奥向きも手伝い始めた。

ならばそろそろ祝言を、といつ誰が言い出してもおかしくはない。

「お美弥ちゃんの縁談、ええ話なんです」

二人の間に降りた気まずい空気を振り払うように、千佐が明るい声を出した。

「寄宿先のお饅頭屋さんの親戚で、年齢は少し離れてるけど、優しい人やから決めた、て。うちも安心しました。……本当は、お美弥ちゃん、ずっと好いた御方《おかた》がいはったんやけど、そのひとはお侍で、身分も違うし、もうじきに大坂を離れてしまわはるらしくて、淋しそうにしてはったんです。お見合いで会《お》うた御方に決めた、て聞いたときは、うちもほっとして……」

そこまで言って、千佐は言葉を飲み込んだ。好きな相手と結ばれないなどと、そんなことを二人きりの時に話さなくても、と思ったのかもしれなかった。

なんとなしに、会話は途切れてしまった。

(少し前は、こんなじゃなかったんだがな)

甲次郎は、そんな千佐を見ながら思った。

以前には、時々、千佐と二人で外を歩くこともあった。

そんなときは、屈託なく、どうということもない話などしていたように思う。

それは、楽しかったのだ。

千佐は明るく、利発な娘だった。

甲次郎の言葉に、物怖じせず言葉を返してくる。

許婚の信乃はおとなしく物静かな娘だが、千佐は違った。

寺子屋の頃から、女のくせに生意気なと腕白坊主によくいじめられた、というつだったか笑って話していた。

今のような気詰まりなものは、二人の間には何もなかった。

いつまでもこうしていることが不自然だとは、いつしか、互いに判るようになった。

甲次郎は近頃では、千佐がさっさと富田林に帰ってくれないか、と思うことさえある。千佐がこのまま若狭屋に居続け、信乃と自分との祝言の席にまでいるのではと考えると、甲次郎はひどく憂鬱な気持ちになった。

だが、千佐が故郷で先に誰かと祝言をあげてくれればいいのかといえば、そうともいえないものが甲次郎の胸にはあった。

（……なるようにしか、ならねえけどな）

甲次郎は、頭をひとつ振った。

これぱかりは、自分ではどうしようもないことに思われた。


若狭屋に着くころには、あたりはすでに暗くなっていた。

店の表では、手代がちょうど戸を閉めようとしていたところで、甲次郎と千佐が連れだって帰ってきたのを見て、ほっとした顔になった。

「お帰りなさいませ。旦那様も、たった今、お戻りで」

店に入ると、若狭屋宗兵衛は、まだ紋付きの羽織を着たままで、番頭と何やらしぶい顔で話をしていた。

宗兵衛は新しく大坂城代となった酒井家の家中に、祝儀を届けに出向いていたのだった、と甲次郎は思い出した。

そのために、正装で出かけていったのだ。

蔵屋敷ではなく、南革屋町《みなみかわや》の江戸屋という宿に出向いたのだった。

そこに、小浜藩酒井家の御先用を務める武士たちが宿泊していた。江戸堀《えどぼり》町の蔵屋敷に寝泊まりせず、城代屋敷に近い南革屋町に宿をとっているのは、先の大坂城代である内藤紀伊守の家中から引き継ぎを受け次第、すばやく城代下屋敷に入るためだった。

宿屋には仮の役所を設けているのだが、そこにはすでに、大坂三郷の惣年寄や市中の寺社の使者のみならず、新しい城代に覚えをよくしてもらおうと目論む商人たちが、門前に列をなして祝儀の挨拶に出向いているらしい。

若狭屋も、小浜藩の蔵屋敷を得意先にしている以上、出向かないわけにはいかなかった。

宗兵衛は、二ヶ月前の事件のこともあって、小浜藩には複雑な思いを抱いているらしく、出かける間際まで難しい顔をしていたが、

「城代さまの下屋敷に出入りが許されることになれば、商いの幅も広がりますさかい」

番頭に後押しされ、しぶしぶながら出かけていった。

確かに、城代下屋敷となれば、蔵屋敷とは桁の違う人数が出入りする。呉服屋

にとって上客である奥向きの女中も、かなりの人数になる。

商売の好機ではあるのだ。

商人として、渋っているときではなかった。

その宗兵衛が、ひどく難しい表情で戻ってきた。

もしや何か厄介《やっかい》ごとでも、と気になり、甲次郎はすぐに離れに引き上げるのをためらった。

二ヶ月前の酒井家との揉《も》め事は、甲次郎に責任がある。

それに、今のところ宗兵衛と甲次郎しか知らないことだったが、甲次郎と酒井家とには、血縁というつながりがあるのだ。

藩主の血をひく甲次郎が、どういう理由で若狭屋に引き取られたのか、詳しいいきさつを、まだ甲次郎は聞いていない。それが当の小浜藩主にも秘された事情であると判ってしまった以上は、うかつには聞けない気がしていた。

宗兵衛が酒井家の男子を掠《うば》った――そうとも考えられるのだ。

立ち止まって様子をうかがっている甲次郎に、宗兵衛も気づいたようだった。

「甲次郎、その焼けこげた着物、どないしたんや」

と宗兵衛は甲次郎を見て目を丸くした。

出先で火事に巻き込まれたのだが怪我はないと告げると、宗兵衛は安堵《あんど》の息をついた。

甲次郎の物問いたげな顔から何かを察したようで、宗兵衛はつけ足した。

「ご挨拶は何事もなく終わったで、向こうもお忙しいときやから、いちいち昔のことを蒸し返す暇もないらしいわ。お殿様も、いろいろ大変らしい。前の御城代との引き継ぎがな……」

本来ならば、先用の衆が大坂に着くと同時に城代下屋敷の受け渡しが行われ、五日もすれば、仮役所は下屋敷の内に移るはずだったのだという。

にもかかわらず、まだ、先用衆は宿屋に居続けている。

「先の御城代も、まだしばらくは大坂にとどまるおつもりやったみたいやさかいな」

酒井家の強引な幕閣への働きかけで、城代の交替が行われることになった。決定がなされた以上、内藤家がいくら渋ったところで無駄ではあるが、それでも、嫌がらせのように引き継ぎを遅らせることは、後任の家中への、せめてもの抵抗なのかもしれなかった。

「強引に役職を奪い取ったようなもんだからな」

と甲次郎はつぶやいた。

甲次郎には、酒井家のことで宗兵衛と話したいことがまだあったが、宗兵衛にはこれから、城代屋敷との商いのことで、番頭と話があるようだった。

甲次郎も、豊次を捜しに行かなければならない。

甲次郎は母屋を後にし、焼け焦げた着物を着替えるため離れに向かった。

五

翌朝六つ半（午前七時）のことだった。

職人風の男が若狭屋から数間のところで行き倒れになっている、と丁稚《でっち》が店に駆け込んできた。

道を掃き清めるために外に出た丁稚が、近くの騒ぎに気づき、現場まで行ってみたのだという。

男は背を刺されていた。夜のうちに往来に倒れて息を引き取ったとみえて、明け方、振売《ふりうり》の魚屋が見つけたときには、すでに冷たくなっていた。

「職人風の男？　どんな奴だ」

一晩、心当たりの賭場や飲み屋をまわった甲次郎は、結局、豊次を見つけることはおろか、大した情報もつかめずに戻ってきていた。

夜遅くに若狭屋に戻ってはきたが、どうにも寝つけず、いつになく早く起きて台所で水を飲んでいたときに、女中から騒ぎの顚末《てんまつ》を聞きつけたのだ。

まさか、と嫌な予感がした。

女中は、甲次郎の剣幕に気圧されながら、言った。

「どんな奴て言われても……まだ名前も判らへんみたいです。けど、右手に古い火傷の痕があるから、それで判るんと違うかって話でした。もうお役人様も来てはるみたいで」

話を最後まできかず、甲次郎は店を飛び出した。

第二章　幼なじみ

一

　豊次は死んだ。

　甲次郎が寝間着に羽織をひっかけて現場に駆けつけたときには、すでに検死が始まっていた。

　朝露で濡れた地面に、豊次はうつぶせに倒れ、背に匕首《あいくち》が突き刺さったまま、野次馬の目にさらされていた。

　集まっているのは、ほとんどが近所の店の奉公人だった。

　野次馬に出て行くのもはばかられる店の主人に、子細を見てこいと言われてきた様子で、冷え冷えと張りつめた朝の空気の中、奉公人たちは眉をひそめて亡骸《なきがら》を見下ろしていた。

丹羽祥吾が、亡骸の傍らにかがみこんでいた。

祥吾も、やってきたのはさほど前ではないようで、いつも一緒にいる手先は、祥吾の後ろでまだ息を切らしていた。

「後ろから刺されて、そのまま逃げ出したあと、このあたりで力尽きたんと違いますか」

と祥吾の隣で、先に現場を調べていた町会所の役人が、淡々と言った。

「血の痕《あと》がだいぶ向こうから続いてますし、ここで揉《も》み合った様子もありまへん。下手人は、仏を追っかけては来《こ》んかったようで」

「必死に逃げたのだろうな」

祥吾はぽつりと応えた。

匕首が刺さったままだったため、血があふれ出すことがなく、深手を負いながらもかなりの距離を逃げられた。

だが、それもここまでが限度で、豊次は行こうとした場所にたどりつくことなく、息絶えたのだ。

「豊次は、飲み屋でやくざ者を刺したところを、大勢に見られている。おおかた、仲間が仕返しに刺したのだろう。こんなことになるのなら……」

そこで口をつぐんだ祥吾が何を言いたいのか、甲次郎には想像がついた。

破落戸《ごろつき》仲間に復讐されて死ぬくらいなら、奉行所に出向いて罪を認めればよかった――とでもいうのだろう。

そうすれば、罪の償いはでき、綺麗になって死んでいけた。祥吾ならばそう考える。

だが、豊次はそうは思わず、奉行所には行かなかった。

代わりにおれに会いに来たに違いない、と甲次郎は思った。

豊次の父は天満郷《てんまごう》に住んでいるし、この辺りは古手屋《ふるてや》や呉服屋ばかりで、人を殺して逃げている豊次が訪ねて行きそうな店はなかった。

すれちがってしまったのだ。

ゆうべ、甲次郎は豊次を捜しに出かけていた。

戻ってきたのは夜更けで、前もって話をしてあった手代に勝手口を開けてもらって店に入ったのだが、そのときには、まだ往来に倒れている者などいなかった。

そのときに豊次が来ていれば、死なせずにすんだかもしれない。

事切れた豊次の顔は、苦悶の表情を浮かべており、以前に会ったときよりだいぶ痩《や》せていた。

歯がみする甲次郎の視線の先で、祥吾が亡骸に手を合わせ、親元に運んでやるようにと手先に命じた。

豊次は戸板に仰向けに載せられ、筵《むしろ》をかぶせられた。

甲次郎が別れを言う間もなかった。

祥吾は甲次郎に顔も向けず、手先に声をかけて歩き出した。

昨夜の豊次の足取りを調べるのだろう。

豊次を捕まえるという役目は終わったが、祥吾には新しく、豊次を殺した下手人を捕らえるという役目が生まれたことになる。


甲次郎が若狭屋に帰ると、好奇心をあらわに待っていた番頭が駆け寄ってきた。

「死んだのは、やくざ者に恨まれてた男だ。近所で死んでたのも、たまたまだろう。通り魔の類じゃねえから、怖がる必要もねえ」

「そうですか。それは良かった」

「仏は、おれの友達だがな」
と甲次郎が付け足すと、番頭は一瞬絶句したあと、そそくさと帳場に戻ってい
った。
甲次郎さん、と呼ぶ声がしたのは、甲次郎が離れに戻って着替えを終えたとき
だった。
庭から姿を見せたのは、千佐だった。
「表で殺されてたひと、お友達やって聞いたけど……」
心配して、様子を見に来たらしい。
「道場で一緒だった職人の倅《せがれ》だ。おれも祥吾も、友達だった。人を殺して追われ
ていたんだ。おれを訪ねてこようとしてたのかもしれねえ」
千佐の顔色が変わった。
つまらないことを言ったと甲次郎は後悔した。
人殺しが甲次郎の友達だったと聞けば、怯《おび》えて当たり前だ。
「出かけてくる。今日中には帰れねえかもしれねえから、店には適当に言ってお
いてくれ」
「お弔いに、行かはるの？」

「……そうだな」

言ったあとで、それもいいかもしれない、と思った。

豊次を殺した奴の始末を祥吾だけに任せてはおけない。そう考えていただけなのだが、まずは、豊次に線香をあげてやるべきかもしれない。それが、手をさしのべてやれなかった豊次にしてやれる最後のことだ。

豊次は母親を早くに亡くし、父と二人きりだった。

父親は、さぞ気を落としているだろう。

勝手口から若狭屋を出、甲次郎は、昨日と同じく天満郷に向かった。

豊次の育った長屋は、船大工《ふなだいく》町にあった。

大坂は水の都と呼ばれるだけあって、造船が盛んである。船大工町は、名の通り、堂島新地《どうじましんち》の開発にともなって移り住んだ船大工の多い町だった。

豊次の父親は船大工ではなかったが、死んだ母親が船大工の娘だと聞いたことがあった。

豊次には、生粋の大工の血が流れていたのだ。それだけに、将来を断たれた絶望は大きかっただろう。

甲次郎より一足先に長屋に着いていた豊次の亡骸は、長屋の連中の手で、白装束を着せられ、白い布を顔にかけられていた。

甲次郎が土間から声をかけると、豊次の父親豊吉はけげんな顔をしたが、道場での友人だと告げると、いきなり頭をさげた。

「本当に申し訳ない。うちの阿呆が、何を思い違ったか、ひとを刺すような真似しよってからに、道場の名前に傷をつけて……本当に」

甲次郎は慌てた。

「親父さん、誰もそんなこと気にしてねえよ。おれは、ただ、豊次の弔いに来ただけだ」

「そやけど、本当に、豊次の奴はとんでもないことしでかして……道場のお仲間では、丹羽様も来てくれはったけど、もうなんてお詫びしたらええか……」

「祥吾が、ここに来たのか？」

「お見えになったんは、一昨日で、そのときはまだ倅がこんなことになるとは思てへんかったけど」

豊吉はげっそりとくぼんだ目に涙を浮かべて言った。

「お役人様のお手をわずらわせることもなく、こうして……」

それきり、声が詰まった。

甲次郎は、すすり泣きを始めた豊吉の横を黙礼して通り過ぎ、豊次の亡骸のそばに行くと手を合わせた。殺されたとはいえ、豊次は罪人だ。当たり前の弔いはできず、こっそりと骨にすることになるだろう。

近所の者らしい夫婦者が、枕元で泣いていた。

あらためて、無念さが甲次郎の胸にこみあげた。

「この子が殺《あや》めた長助ていう男の親御さんも、同じ思いやったんやろな」

部屋に戻ってきた豊吉がぽつりと言った。

「この子と同じで、若いのに道踏み外して……それでも、殺したり、殺されたり、そないな物騒なこととは無縁に暮らして欲しかった。長助はんの親も、そう思てたはずや。せめて、豊次を手にかけた奴は、奉行所に名乗り出て、罪を償《つぐの》うてほしいもんです」

父親の絞り出すような声に、甲次郎は応える言葉を見つけられなかった。

やはりこういう場は苦手だ。

甲次郎は、早々に退散しようと思ったが、ふと、豊吉の口にした言葉にひっかかった。

「親父さん、今、長助って言ったな」

「豊次が殺した男は長助というのか。いったい、どこの長助だ」

「どこの人かは知らんけど、仲間内で長助、て呼ばれてた若い男や、と丹羽様が仰ってたんや。それだけしかわしは聞いてへんけども」

「祥吾がそう言ったのか」

長助という名を、甲次郎は昨日聞いていた。それを思い出したのだ。

あの、巻き込まれた火事の現場で、焼け死んだ熊七という男が言ったのだ。

火をつけられた、あの恩知らず、長助の次はわしまで——と。

よくある名前だから、同じ長助のこととは限らないと思ったが、ついで頭に浮かんだのは、丹羽祥吾のことだった。

火事の後、現場近くの汁粉屋にいたところで、甲次郎は祥吾に会った。祥吾は火事について聞き込みをしていた。甲次郎は熊七から聞いた言葉を告げ、長助の名も、もちろん、そのまま伝えた。

顔を強張《こわば》らせた祥吾は、長助という名が豊次の殺した男のものだと、すぐに気づいたのではなかったか。

祥吾は、豊次があの熊七という男と関わっていたことも知っていたのかもしれない。だからこそ、熊七の店の近くにいたし、火事を知って現場に駆けつけ、血相を変えて聞き込みをしていたのだ。

なんて巡り合わせだ、と甲次郎は思った。甲次郎が助け損ねた熊七を殺したのは、豊次だったのだ。熊七は豊次を殺した奴の仲間だったかもしれないということだ。

甲次郎の胸には、祥吾への怒りもこみ上げた。

望むことは違っても、自分も祥吾も豊次のことを案じていたはずだ。その祥吾が、あの場で甲次郎には口を閉ざし、自分一人で豊次を追った。

(あの野郎、冗談じゃねえぞ)

親父さん、と甲次郎は豊吉に向き直った。

「長助って奴のこと、他に何か知らないか。なんでもいいんだ。教えてくれ」

「そやかて、わしも何も知らん。村方から出てきた男で、なんや、豊次もそいつの村に出入りがあったらしい。村の方で仕事をもろた、と言ってたこともあった。半年ばかり前やったか。……そやけど、甲次郎はん、そないなこと聞いて、どないするんや」

「豊次を殺した奴を、このまま放ってはおけねえ。たとえ豊次が意趣返しで殺されたんだとしてもだ。おれはこの手で下手人を捕まえたい。そのために、豊次が殺した長助のことが知りてえんだ」

「けど……甲次郎はん」

豊吉は、言葉に迷いながら、首を振った。

「そない思てくれはることは嬉しい。けど、それは、あんたはんがやることと違う。お役人に任せておいたらええのと違うか」

「しかし」

「あんたはん、ちゃんとしたお店の若旦那はんなんやろ。つまらんことは忘れたほうがええ。豊次の仲間やった連中は、どないしょうもない連中ばっかりや。関わったらあかん」

豊吉は、厳しい声音で言った。

どうしても、と食い下がってみたが、豊吉の応えは変わらず、これ以上話すことはないと言われた。

「甲次郎はん。親御はんを悲しませたらあかん」

がんとして譲らない。

だが、甲次郎は、それで諦める気はなかった。

もう一度亡骸に手を合わせたあと、長屋を後にしながら、お前を殺した奴はおれが見つけ出してやる、と豊次に改めて誓った。

初めからそのつもりではあったが、その思いはさらに強くなっていた。

祥吾は有能な同心であるし、豊吉の言う通り、任せておけばいずれは下手人をあげるだろう。

だが、豊次が最後に頼ろうとしたのはおれで、祥吾ではない――そんな意地が甲次郎の中に芽生えていた。

甲次郎の瞼には、昨日見た炎が焼き付いている。

目の前で、一人の命を飲み込んだ炎だ。

あの大人しい豊次が人を殺した。そして、火付けなどという大罪にまで手を染めたかもしれないのだ。

その理由を突き止めなければ、気がすまなかった。

二

昨日の火事の現場は、まだそのまま、手つかずで放置されていた。

近くを歩くと、焦げ臭《こくさ》い匂いが鼻を突いた。

真っ先に甲次郎が向かったのは、昨日世話になった汁粉屋だった。

女将《おかみ》に昨日の礼を言い、あのあと、また役人が来たりはしなかったか、と訊《たず》ねた。女将は首を振った。

「なら、燃えた熊七の店に豊次って男が出入りしたのを見たことはないか。右手に古い火傷の引きつれがある男だ」

「覚え、ありまへんなあ」

「長助って男はどうだ。名前を聞いたことがないか？」

「知りまへん」

「そうか」

まあ汁粉屋だからな、と甲次郎は思った。やくざ者が出入りしそうな店ではない。

しょうがない、ときびすを返しかけ、念のために、と振り返って訊ねた。

「熊七って男、このあたりじゃ、評判が悪かったらしいな。なんでなんだ」

「……なんで、て言われても」

女将は曖昧に笑って肩をすくめた。

「乱暴者で近所付き合いも悪かったし……それに」

女将は口をつぐんだ。

何かあるのか、と重ねて訊ねたが、応えなかった。

近所の噂をするのも好きやないし、とはぐらかすだけだ。

そのうち、三人連れの娘が賑やかに店に入ってきて、女将はそちらにかかりきりになった。

甲次郎は礼を言って店を出た。

熊七の店のはす向かいは蕎麦屋《そばや》で、隣は乾物問屋である。次にどちらに入ろうか迷ったが、乾物問屋は大店で、甲次郎がふらりと訪ねても、相手にはされないだろう。

蕎麦屋に入ると、あまり流行っていないようで、昼時だというのに客が少なかった。

まずはかけそばを一杯食べてから、甲次郎は、勘定を頼むといって、暇そうに飯台にもたれかかっていた年増の女中を呼んだ。

財布から銭を探すふりをしながら、先ほどの汁粉屋と同じことを訊ねると、ほとんど同じ答えが返ってきた。

違ったのは、女中が眉をひそめながら、お隣に悪いし、と付け足したことだった。

「隣？　熊七の店は、はす向かいじゃねえか」

「そやから、そっちや無《の》うて……」

女中は眉をひそめ、言葉を濁した。

どういうことだ、と問いかけてから、甲次郎は、もしや、と思い当たった。

「つまり、熊七が、隣の乾物問屋と揉め事を起こしていたってことか？」

昨日の火事の現場で、近所の者は揃って熊七を悪く言った。

火事を起こした者は、確かに近所では嫌われるものだが、それにしてもひどかった。店に柄の悪い連中をたむろさせていたとか、夜っぴて騒がしかった、などといったことだけでは、あれほどには言われまい。

甲次郎は改めて、辺りの店の並びを思い出してみた。

乾物問屋は、通りではいちばんの大店だった。

そういう店と揉めていたのなら、町の者には嫌われるものだ。

「揉め事、ていうか……」

女中はまだ言い渋っている。

甲次郎は、試しに、昨日の火事の現場に飛び込んだのはおれだ、と明かしてみた。

「熊七を助けようとして、助けきれなかった。それで胸がすっきりしないんで、今日もこうして様子を見に来たんだが、どうやら、おれが助けそびれた男は、町の嫌われ者だったと知ってな。余計に気分が悪くなっちまってるわけだ。せめて、その理由が知りたい」

「ああ、あのときの。へえ、お客さんがそうやったん」

女中は甲次郎の顔を珍しそうに見直した。

そやけど、と声を潜め、

「言うたら悪いけど、命懸けで助けるような男と違《ちご》たんよ、あの熊七って奴は」

「だから、どんな風に悪い奴だったんだ」

蕎麦代だ、と甲次郎は、多めの銭を女中につかませた。

女中は、銭を確かめたあと、なおあたりを気にしていたが、やがて、ささやくように言った。

「熊七はん、隣の乾物問屋の娘さんにずっとつきまとってはったん。もちろん、娘さんには、言い交わした相手もいてたんやけど」

「なんだと。だが、あの男は、もういい年齢《とし》だろう」

「そやから質《たち》が悪かったんや」

熊七はやもめだったが、乾物問屋美濃屋《みのや》の娘とは親子ほど年齢が違った。

そのため、娘の方も、本気だとは思っていなかった。

気のいい近所の親爺さんがからかっている、といった程度にしか思っていなかった。

だから、あるとき熊七の口車に乗せられて、まだ客のいない熊七の店にひとりで入っていってしまったのだ。

「そこで何があったか、まあ、判らはるやろ？」

熊七は力ずくで思いを遂げ、娘は半狂乱で家に逃げ込んだ。

美濃屋の主人は、ことを知って、熊七を殺してやると怒り狂った。

町会所から年寄が駆けつけてとりなそうとしたが、熊七の態度が、また悪かった。

誘ったのは娘のほうだと言い張り、罪を認めないどころか、可哀想だから嫁にもらってやってもいいなどといい、美濃屋の怒りに油を注いだ。

とはいえ、ことがことだけに、奉行所に訴えてことを表沙汰にするのもはばかられる。

美濃屋は、熊七を町内から追い出すことで手を打とうとした。

町内からも慕われている美濃屋だけに、近所の者も、美濃屋の言い分に理があるとうなずいた。熊七の店に出入りする破落戸連中《ごろつき》に怯えながらも、みな出て行けと口を揃えた。

ことを聞きつけた月番の同心まで出てきて、言われた通りにするように、内々に熊七に命じた。でなければ、奉行所に引っ張るとまで言った。

だが、熊七は聞かなかった。

「聞かねえってったって、役人まで出てきたんだろう。それで楯突くってのも、図太い男だな」

「それが、そのお役人さんが……」

あるとき、ころりと態度を変えて、美濃屋にことをおさめるようにと言うようになった。

これ以上騒いでは娘の恥になるだけだといい、そもそも町内から好き嫌いだけで人一人追い出そうという了簡《りようけん》が間違っている、と美濃屋に説教までし始めた。

「それで、おかしいと思った美濃屋さんが手先衆からこっそり聞き出したら、そのお役人さん、どこぞのおえらいお武家に脅されたらしいって判ったんです。それで、熊七に何も言えんようになった、て」

「つまり、同心でもかなわねえような奴が熊七の味方についたってわけか」

町奉行所の同心を黙らせることができるとしたら、まず思いつくのは、上役である与力か町奉行である。

ほかにも、大坂には町奉行所に圧力をかけられる大藩の蔵役人もいる。

いずれにしても、町の破落戸がそういった権力者とつながりを持っているのは驚きだった。

甲次郎は、礼を言って蕎麦屋を後にした。

燃えた家を横目に見ながら、乾物問屋の前を通った。

どっしりと年を経た看板があがっており、ちょうど暖簾から出てきた前掛け姿の手代は、通りかかった振売《ふりうり》の花屋に愛想良く会釈した。

奉公人のしつけも行き届いた店なのだろう。

一人娘も、行儀がよく慎《つつ》ましい、気持ちの良い子だったのだ、と蕎麦屋の女中は言っていた。

その娘は、熊七との一件があったあと、町内ではとても暮らせず、京の親戚のもとに移ったのだそうだ。

出かける姿を見た者によれば、げっそりと痩せて、別人のようだったとか。

もしかしたら、と甲次郎は思った。

豊次は、その乾物問屋の娘と知り合いだったのではないだろうか。

その娘を豊次が好いていたとしたら、熊七を殺してやる、とまで思い詰めるのも判る。

しかし、それなら、真っ先に熊七を狙ったはずだ。

長助という男が何者なのか判らないが、乾物問屋の娘に関しては、熊七の名しか出てこなかった。

あとは、同心を黙らせたという、正体の知れない武士だけだ。

と、そこで甲次郎は一つ思い出した。

熊七は、燃え上がる炎のなかで、甲次郎を誰かと見間違えた。

十五郎はんか、と甲次郎に呼びかけたのだ。

その名は、武士の名ではないだろうか。

甲次郎は、もう一度、蕎麦屋に戻ることにした。

あのお喋りな女中に、十五郎という名に心当たりがないか、訊いてみようと思ったのだ。

だが、きびすを返そうとした瞬間、甲次郎は呼び止められた。

振り返ると、見覚えのない若い男が立っていた。

羽織の袖を通さずに引っかけ、懐手にし、薄笑いを浮かべている。頬に傷があった。まっとうな町の者ならば、それだけで眉をひそめて逃げ出すような輩《やから》だった。

「若旦那はん、さっきから何をこそこそと嗅ぎまわっとるんや？　熊七の店に、何か用でもあるんか」

甲次郎を無遠慮に眺めながら、男は言った。

長身の甲次郎より、さらに上背のある男だ。

「そういうわけでもねえが、昨日、火事の現場に出くわしてるんでね。その後、どうなったのか、気になってね」

「妙なこと、気にせんほうがええで」

声を低くして男は言った。

「そりゃ、どういうことだ。気にしたらまずいことでもあるのか」

「それを気にすんな、て言うとるんじゃ。判らん奴やな」

男は言い捨て、おもむろに、焼け跡の店に歩き出した。

甲次郎はためらわず、ついて行った。

せっかく引っかかってきた手がかりを、逃すわけにはいかない。

「気にせんほうがええて言うたのに、若旦那、阿呆やな」

男は、甲次郎がついてくるのも計算していたようだった。

柱と屋根だけがかろうじて残った焦げ臭い店に甲次郎が足を踏み入れ、表からでは中の様子が見えにくくなった、その瞬間に、男は振り返った。

「そやさかい、こういう目に遭うんじゃ」

男は匕首を突き出した。

胸や腹ではなく、足の付け根を狙っていた。脅すだけで命を奪うつもりはなかったようだが、それでも甲次郎は、容赦しなかった。

「ふざけるな」

匕首を軽くかわし、前のめりになった男の肩を押さえつけ、あっという間に腕をねじ上げた。

わあっ、と男が間の抜けた叫び声を上げた。

「たすけてくれ」

やり返されるとは、まったく考えていなかったようで、甲次郎に匕首を奪われ、それを逆にのど元に突きつけられて、男は真っ青になった。

「わしは別に、ただ……」

「ただ、何だ。せっかく話しやすい場所に来たんだ。往来からの邪魔も入りそうにない。きっちり話してもらうぜ」

「待ってくれや……」

肩が痛い、放してくれ、と男は情けない声をあげた。

そう言いながらも、男は二、三度反撃しようと試みたが、甲次郎の力に敵《かな》わないと知ると、やがて体の力を抜いた。

「わしはただ、この辺りで妙な奴見かけたら脅しつけてくれ、て言われただけや」

観念したようだと見て、甲次郎はわずかに手の力を緩めてやった。

「なるほど。誰に言われたんだ？」

「それは……知らん人や」

「お前、それで話が通ると思ってねえだろうな」

甲次郎が匕首を握り直すと、男がさらに青くなった。案外、肝っ玉の小さい男らしい。

「本当や。名前は知らん。ただ、熊七のまわりを探られたくない、何か聞きだそうとしてる奴がいたら痛い目に遭わせたれって言われて、金で雇われたんや」

「どういう奴だ。武士か」

「いや、違う。普通の旦那衆に見えた。会《お》うた場所は大沢町の近江屋《おうみや》ていう宿や。そこで、博奕《ばくち》しとったとき会うた男や」

「大沢町か」

大坂城近くに広がる武家屋敷地に近い辺りである。大坂城と西町奉行所の真ん中あたりだ。

破落戸が博奕を打つ宿が、武家地近くにあるとは信じがたい気もしたが、考えてみれば、武家屋敷に出入りする中間の類は、賭場には欠かせない客だった。熊七と武士との関わりは、その辺りから来ているのかもしれない。

「本当だろうな」

「……本当や。間違いない。もうええやろ、放せ」

男は、もう蒼白になっている。

聞いたことをすべて信用するわけにもいかないが、これ以上聞き出すのも難しそうだ。

甲次郎は、匕首を男の首から離した。

押さえつけていた腕を緩めると同時に、男は安堵の息をもらしたが、甲次郎はその臑《すね》を思い切り蹴りつけてうずくまらせた。

「教えてもらった礼だ、それだけにしといてやる」

言い置いて、甲次郎は往来に出た。

畜生、覚えとけ、と声が追ってきた。

日は、まだ高かった。

これから大沢町に向かう時間はありそうだった。

三

天神橋《てんじんばし》で淀川を渡り、甲次郎は、天満郷から戻ってきた。

武家地近くに来ると、城が大きく見えてくる。

大坂を北東の隅でにらむ大坂城は、天守閣こそ寛文五年（一六六五）に落雷で燃え落ちてすでにないが、それでも、二重の堀を持つ西国一の巨大城郭だった。

大坂の東西の奉行所のうち、東町奉行所は、大坂城の京橋口のすぐ外にある。

それに隣接して、大坂城の弓奉行、破損奉行の役宅、京橋口を守る大坂城番の屋敷、そして、大坂城代の下屋敷が続く。

諸藩の蔵屋敷が並ぶ堂島川や土佐堀《とさぼり》川の岸も、大坂市中では珍しく武家の多い界隈だが、城まわりの武家地は、それ以上に商売の匂いの薄い一画だった。

蔵屋敷は諸藩の商いを受け持つ場所で、商いの都に馴染んだ雰囲気もあるが、こちらは、大坂城守護という軍役を務める武士のすみかだった。

先だって祥吾と話したように、今の大坂は泰平の世と気楽にしていられる状態でもないから、城代や城番も、昔ほどに呑気な役職ではなくなっている。

（大坂城代、か）

その言葉を思い浮かべると、甲次郎は、どうしても一人の男のことを考えずにはいられなかった。

血の繋がった父親であり、次の大坂城代として、今は江戸屋敷で赴任の準備を整えているはずの、若狭小浜藩主酒井忠邦である。

酒井の家中は、この近くの宿に大坂城代としての仮役所を設け、主《あるじ》の赴任に際しての下準備を行っているはずだった。

南革屋町の江戸屋が、その宿だと聞いている。

大沢町とは通りを一本隔てただけの場所のはずだ。

甲次郎は、迷った末、通りを一本早く右に曲がった。

別に何をしようというのではなかったが、ここまで来たのだから、ついでにそちらの様子も見てみようと思ったのだ。

江戸屋は、看板を見る前からすぐに判った。

昨日の若狭屋宗兵衛同様、正装をした町人が、ひっきりなしに出入りしていた。

大坂商人は、武士を嫌い、二本差しを軽く見るところがある。

それでも、まっとうに商売をしているものにとって、身分の高い武家との商いは、店に箔を付ける意味で重要ではあった。

大名だから、殿様だからといって雲の上の人と敬うわけでもないが、商売相手として吟味して、得があるようならば礼を尽くす。

そういう大坂商人の心根が、穏やかな笑みで江戸屋から出てくる商人たちの顔に表れている。

若い小浜藩士が、商人の一行を見送りに、暖簾の外に出てきた。

藩士の見送りを受ける豪商といえば、大名に金を融通することもある大店の両替商に違いない。そういった相手の前では、武士といえど、腰を低くせざるをえないのだ。

見送ったそばから、次には別の商人が訪れ、藩士は休む間もないようだった。

もしも自分が酒井家の家中で育っていたら、あのように一途《いちず》に藩主のために働いたのだろうか、と甲次郎は思った。

藩主の血を引くとはいえ、酒井家には正嫡がおり、そのほかに、二男、三男までを正室が産んでいる。殿様になどなれるはずはなく、せいぜいが、藩主の側まわりだろう。

(腹違いの兄に忠義を尽くす一生——)

商家で育った甲次郎には、武家の持つ忠義というものは縁遠い。

商家にいても、旦那と呼ばれる身分でなければ主人を持つが、武士のそれとは種類が違う。代々その主人に仕え続けるわけでもなく、勝手に店を飛び出したからといって罰せられるわけでもない。

勝手気ままに暮らしてきた甲次郎には、やれ忠義だ家だと縛られる暮らしは、肌に合いそうになかった。

もっとも、甲次郎の胸の内に、武家の血を引く我が身を誇る気持ちがなかったわけではない。

それどころか、ほんのわずか前まで、甲次郎は、武士である自分を常に意識していた。おれは単なる商家の若旦那じゃない、と思っていたのだ。

だが、いったいおれは武家の何に惹《ひ》かれていたのだろう、と甲次郎はあらためて思った。刀を差して歩くことにだろうか。町人の上に立ってものを言える身分にだろうか。

甲次郎の足は、いつのまにか、江戸屋の前で止まっていた。

甲次郎は、宿の暖簾の向こうに見える、忙しげに立ち働く若い藩士たちを眺めた。

しばらくそのままでいた甲次郎だったが、ふと視線を感じた。

小浜藩士の三人連れが、江戸屋に戻ってきて暖簾の向こうに消えた。だが、その中の一人が甲次郎に目を留め、暖簾の奥で足を止めたのだ。

髪に白いものの混じった、年配の男だった。こちらを凝視している。

近くに誰かいるのか、と甲次郎はまわりを見たが、自分のほかに、男の視線の先には人はいなかった。

男が、かすかに黙礼したように、甲次郎は感じた。

思い違いだろうとは思ったが、甲次郎はなんとなしに慌ててその場を離れた。自分が酒井忠邦の血を引いていることは、人に知られるわけにはいかない秘事だった。

つまらないところで時間をとってしまった、と甲次郎は歩き出した。

と、そのときだった。

向かいから歩いてきた武士が、甲次郎の姿を見て、おや、という顔をした。

こんなところを歩いている武士に知り合いはいない、と思った甲次郎だったが、一呼吸おいて、あっ、と声をあげた。

「あんた、昨日の火事のときの……」

火事の直後、甲次郎に話しかけてきた武士だった。

武士も驚いた顔をしながら、甲次郎に近づいてきた。

「奇遇だな。おぬしはこのあたりに住んでいるのか。昨日は、名前も告げようとしなかったが」

昨日と同様、どことなく上にたった物言いをする男で、甲次郎は気に入らなかった。

おれより歳も若いだろうが、と思うと、礼を尽くして返事をする気にはなれなかった。

それでも、甲次郎の事情が昨日とは違っていた。

甲次郎は熊七に関わりのある者を探していたところなのだ。逃がすわけにはいかない。

「あんたこそ、近くの屋敷に住んでいるのか」

「いや、そういうわけではないが」

武士は言葉を濁しながら、甲次郎がたった今まで眺めていた江戸屋に目をやり、眉をひそめた。

「あそこは、新しい御城代の御家来衆がお泊まりの宿だな。おぬしは、あちらの御家中に縁の者か」

武士の方も、訊ねてくるばかりで、これでは話が進まない。

しょうがねえな、と甲次郎は舌打ちした。

「家が酒井家に出入りの呉服屋なんでね。本町だが」

まずは自分から、そこまで明かし、そのうえで、

「で、あんたは、どこの御家中なんだ？　このあたりを歩いているってところを見ると、大坂城番か奉行衆の御家中か」

「いや、まあ……」

「おれは若狭屋の甲次郎ってもんだ。あんたは？」

なおも言い渋る武士に、とうとう甲次郎は名を告げたが、それでも相手は名乗らなかった。

どうあっても、自分の正体を明かす気はないらしい。

さすがに苛《いら》立ちを感じたそのとき、甲次郎は、あることに思い当たった。

なんでそんなことに気がつかなかったのか、と自分で呆《あき》れながら、

「そうか、あんたが十五郎なんだな」

「えっ」

「そうだな？　あんたが、熊七が最期に呼んだ、十五郎って奴だろう」

目の前の武士は、甲次郎にまるで似ていない。

だが、背丈は同じくらいであったし、声も似ていないわけではない。あの煙のなかであれば、間違える可能性はあった。しかも、熊七は、近所の者が自分を助けに飛び込んでくるはずはないと判っていただろう。助けに来てくれる者は限られていたのだ。

武士は、ぎょっとしたように目をむいた。

「やっぱりそうか。お前、熊七の仲間なんだな。いったいどこの家中だ。熊七は、どこの連中とつるんでたんだ」

「何のことだ。私は何も知らん」

武士は慌てて歩き出した。

おい待てよ、と甲次郎はその腕をつかんだ。

「何をする。無礼であろう」

「昨日はそっちからしつこく話しかけてきたんじゃねえか。それが、名前を言い当てられたから逃げ出すってのはどういうことだ。何かやましいことでもあるのか」

「そんなものはない。それに、私が十五郎という名だったからといって、それが何だ」

「熊七は死ぬ間際におれをあんたと間違えたんだよ。それで、ちょっとした言伝をもらった」

「なんだと」

十五郎が足を止めて大きな声を出したので、往来の者が目を向けた。


「なぜ、名前を？」

「熊七はなんと言ったのだ」

「知りたいのか」

「当たり前だ。知り合いの最期の言葉なのだからな」

「じゃあ、おれの問いに応えろ。おれは熊七という男のことを知りたい。あんたが知ってることを、なんでもいいから教えてくれ」

十五郎は眉をしかめた。

「聞いてどうする。昨日、おぬしは、ただの通りすがりだと言ったではないか」

「ああ、通りすがりだ。だが、友達が熊七の知り合いだってことが判った。しかも、その友達は今朝殺された。豊次って男だ」

豊次の名前を出すと、十五郎の表情がかすかに揺れ、息をのむのが判った。

「だから、おれは熊七のことが知りたいんだ」

「私は何も知らん。熊七とも、店の主人と客というだけの関わりだ。ほかは何もない」

「しらばっくれるな。熊七はいまわの際にはっきりと、お前さんを呼んだんだぜ」

「うるさい。私は関係ない。因縁をつけるな。手を放せ。町人のくせに無礼であろう」

甲次郎の手を十五郎が振りほどいた。

「おい、待てよ」

甲次郎の声がさらに大きくなった。

「何をしている」

そこへ駆け寄ってきたのは、江戸屋から出てきた小浜藩の藩士たちだった。

「こんなところで揉め事か。他所《よそ》へ行け、他所へ」

「ここをどこだと思っている。次の大坂城代、酒井讃岐守様の仮役所の御前だぞ」

「恐れ入ります、私が往来を歩いておりましたらば、こちらの町人がいきなり難癖をつけてきまして」

十五郎は素早く、腰をかがめて若い藩士二人に頭を下げた。

甲次郎に対するときとはうってかわった慇懃《いんぎん》な態度で、その如才なさに甲次郎は呆れた。頼りなさそうな男だと思っていたが、頭の方はそれなりには働くらしい。

町人と指さされた甲次郎を、藩士二人が睨《にら》んだ。

十五郎とは対照的にふてぶてしい様子の甲次郎を、不快に感じたらしい。

「武士にいきなり因縁をつけるとは、無礼であろう」

「この町の町人は礼儀を知らぬものが多いというが、我らの前でそれは通らぬ」

冗談じゃねえ、と甲次郎は思った。

藩士二人が甲次郎の前に立ちふさがったのをいいことに、十五郎は、すでに逃げ腰になり、すぐにでもその場から立ち去ろうとしている。

熊七の手がかりを持つ十五郎を逃がすわけにはいかないのだ。

小浜藩士をどうやって追い払うか、甲次郎が思案をめぐらそうとしたとき、

「そちらの御方は、先の御城代内藤紀伊守様の御家中ではないかな」

おっとりとした声が、甲次郎の動きを止めた。

江戸屋の暖簾をくぐり、もう一人、小浜藩士が出てきたのだ。

先ほど、暖簾越しに甲次郎の顔をじろじろと眺めていた男だった。

近くで見れば、もう老人と呼んでよいほどで、目尻にしわの深い、人の良さそうな顔をしていた。

男は十五郎を見ながら、

「そうではありませんかな、先に下屋敷でお会いした覚えがある」

「いや、それがしは、その……」

十五郎は少なからず狼狽《うろた》えていた。

男は、今度は甲次郎に視線を向けた。

「それで、そなたは、こちらの御仁に何か用か。先ほどは江戸屋をのぞいておったようだが」

岩田様、と藩士が割って入った。

「この町人は、あちらの御仁に無礼をはたらいておったのです」

「そうか。いずれにせよ、宿には大勢の町人が祝儀を届けに来ておる。その前で騒ぎを起こされては困る。しかし、だからといって、往来を行く御方を大声でなじれば、小浜藩士は粗暴なことよと思われるだけだ」

後半は、若い藩士をたしなめる言葉だった。

「はあ」

のんびりとした老人の口調に、若い藩士は毒気を抜かれた顔になった。

「ところで、そなた……」

岩田と呼ばれた男が、もう一度、甲次郎に目を向けた。

「名前をうかがいたい。そなたの顔を見たとき、昔の知り合いを思い出してな。

むろん、その知り合いはもっと年齢が上なのだが、あるいは、そなたの縁者ではないかと」

岩田の言葉に、甲次郎は胸中でひやりとしたものを感じた。

甲次郎の実父は小浜藩主酒井忠邦で、母は側室のおえんであった——らしい。

小浜の村に生まれたおえんには言い交わした恋人がいたが、藩主の命令を断れず、側室となって江戸屋敷に移った。

しかし、その後何があったのか、おえんは幼い甲次郎を連れて江戸屋敷を抜け出し、じきに病に倒れて息を引き取り、その後、甲次郎は身分を伏せて若狭屋宗兵衛に引き取られた。

小浜藩主は、今なお、おえんとその息子を捜しているとも聞いている。

うかつだったな、と甲次郎は今更ながら気づいた。

酒井忠邦が大坂城代となり、その家中が江戸からも大挙して大坂に移ってくるとなれば、なかには、甲次郎の母親や、場合によっては、幼い頃の甲次郎を見たことのある者も、いるかもしれないのだ。軽々しく江戸屋などに近寄るのではなかった。

「武士に縁者はいねえ」

甲次郎は素っ気なく応えた。

「いや、武士ではない。お女中じゃ。昔、江戸におられた」

岩田はしつこかった。

「年齢からして、そなたの母ほどのはずなのじゃが、母御は……」

「母は呉服屋の女房で、江戸なんざ行ったことはねえよ。悪いが急ぐんで、これで失礼するぜ」

これ以上、岩田の前に顔をさらしておくのはまずい気がして、甲次郎は、逃げるようにその場を離れた。

歩き出してすぐに、十五郎に名を告げてしまったことを後悔した。

十五郎が、それを小浜藩士に告げてしまってはまずい。

足早に角を曲がる前に振り返ってみれば、江戸屋の前ではまだ、岩田と十五郎とが何やら話をしている。

甲次郎は苦い顔で武家地を後にし、大沢町へと歩き出した。

そろそろ日が傾き始めていた。

四

その晩、甲次郎は、剣術の師匠である御昆布屋《おこんぶや》了斎《りょうさい》のところに泊まった。

大沢町の近江屋には行ったが、さして収穫がなかった。

賭場を開いているのは確かなようで、素知らぬふりで、以前にここで長助から金を借りたのだが、今日は長助は来ていないか、と訊いてみた。

「長助？　長内村の、長助か。あいつはもう死によったで」

宿の奉公人にしては目つきの悪い男が出てきて、そう言った。

「そうか。それは知らなかったな。なら、長助の仲間でもいい。誰か来てるだろう。金を返したいんだ」

そらとぼけて続けたが、男は怪訝《けげん》そうな顔で、それ以上は応えようとしなかった。

あまりしつこくしても警戒されるだけだ、と甲次郎は引き下がることにした。

長助が長内村の者であると判っただけで、少しは手がかりになる。

若狭屋に帰ることもできる時間だったが、甲次郎は、あえて師匠の元に出向いたのだった。

豊次のことは、すでに祥吾が師匠にも伝えているだろう。師匠と一緒に酒でも飲みながら友を送ってやりたかった。

足を向けたのは、道場ではなかった。

師匠の了斎は、道場に寝泊まりすることはほとんどなく、夜は近くの小料理屋にいることが多かった。女将が了斎の情人らしく、甲次郎も何度か連れて行ってもらった店だ。

天満天神の裏手にある道場とさほど離れていない路地裏で、ひっそりと赤提灯を吊り、馴染み客だけを相手にしている店だ。

女将の料理は絶品で、表通りの料亭にも劣らないものを出す。もっと大きな店を出せばいいのにと思うほどだが、女将自身は、それで満足しているようで、十年も前から変わらない商いをしていた。

坊主頭の師匠は、暖簾をくぐって現れた甲次郎に、よう来たな、といつも通り磊落《らいらく》に笑ったが、

「お前さんの家の近くやったそうやな」

とすぐに顔をくもらせて、そう続けた。

何がと言う必要もなく、甲次郎は、飯台にかけた。

師匠と女将が客の相手をしているのを横目に、ひとりで酒を飲んだ。

女将がつまみを並べてくれ、師匠はこれは豊次も好きやった、と池田の銘酒満願寺を出してくれた。

酒が飲めるようになってからも、豊次は師匠のところに顔を見せていたのだと思うと、甲次郎は少し救われた気になった。豊次にとっても、やはりここは懐かしい場所だったのだ。

だが、その場所に豊次は逃げ込むことを許されず、逃げまどったあげくに、路上で死んだ。誰のせいだと考えると、とたんに酒がまずくなる。

「お前さんのことやから、祥吾と喧嘩したんと違うか」

最後の客が帰ったあと、甲次郎の向かいに座った師匠は、杯を口に運びながらそう言った。

「あいつにはあいつのお役目がある。判ってやるこっちゃ」

「豊次に最後に会われたのはいつです」

師匠の言葉には応えず、甲次郎は訊いた。

「さあ、もうだいぶ前や。お前さんが豊次に会《お》うた、そのすぐ後と違うか。ここに来たんは、お前さんと会うて懐かしゅうなったからや、て言うてた」

「そうですか」

「祥吾は、結局、豊次には会えずじまいやったわけや。あれほど豊次のことを心配しとった奴がな」

「……」

「お前もな」

黙り込んだ甲次郎の杯に酒をつぎながら、了斎は言った。

「豊次は最後にお前のとこに行こうとした。お前やったら助けてくれる、と豊次は思たんや。そういう場所を与えてやれただけで、お前は豊次に十分なことをしてやった。そやさかい、これ以上、阿呆なことは考えるな。豊次を殺した奴のことは、祥吾に任せておくこっちゃ。お前のことやから、自分で豊次殺しの下手人を探し出そうと思てるやろ」

了斎に図星を指され、甲次郎は黙り込んだ。了斎は肩をすくめた。

「何にしろこれ以上弟子のことで悲しい思いさせせんといてくれ。祥吾から聞いた。豊次は厄介な連中と関わってたそうや。押し込みや殺しも平気でやるような連中で、今度のことも、その一味の仲間割れかもしれん、とか。堅気の者が関わることと違う。祥吾はお勤めやからしょうないとしても、甲次郎が首を突っ込むこと違うんや」

「……」

「祥吾もな。この件では頭に血がのぼってるみたいやさかい、気になっとるんや。ただでさえ、奉行所は今、ややこしい時期やろ。御城代の御役替えで役所がごたごたしとるさかいに」

「……城代の役替えってのが、それほどに面倒なものだとは知りませんでしたが」

祥吾の話は今あまりしたくない。甲次郎は故意に話題をずらした。

師匠はそれに気づいたようだったが、まあなあ、と甲次郎の話を受けてくれた。

「今度は特に、ばたばたしとるみたいやな。次の御城代の御家中がすでに準備を始めてるのに、前の御城代が下屋敷を明け渡さん。こないなことはあんまりないて、ここに時々食べに来る畳職人が言うとった」

畳屋にとって、大坂城代下屋敷のような広い屋敷の引越は、商売の良い機会だ。前の城代の家中が引き払った後に、すぐに畳替えのお声がかかるはずだと手ぐすね引いて待っているのだが、なかなか、それがまわってこない。

「ほかの仕事を後回しにして待ってるのに、困ってるらしいわ」

酒井家の藩士たちが大坂に着いてから、すでに半月は過ぎているはずである。

昨日、挨拶に出向いた若狭屋の宗兵衛も、普通はとっくに下屋敷に入っているものだが、引き継ぎによほど手間取っているのだろうか、と訝《いぶか》っていた。

「次の城代は、幕閣に手をまわして、強引に役職を得たらしいですからね」

「お大名同士で意地を張り合《お》うてもたもたしてると、まわりの者が迷惑するわ。御城代が替われば、領地替えまであるさかいな」

大坂城代となった大名は、その職にある間、大坂近くの村にあらたに役領を与えられることがある。もともと天領だった村を、一部城代領とするのである。城代のもともとの領地は畿内にあるとは限らないから、飛地が生まれることになる。

もともと大坂周辺は、天領に旗本領、大名領などが複雑に入り組んでいるので、飛地は珍しくないが、それでも、こうした役領はさらに支配をややこしくさせるものではあった。一つの村に領主が二人いたり、隣の村と領主が違ったりなどということは、畿内では当たり前のことである。

「今度の御城代は、大坂の北のほうに御役領をもろたらしい。うちに酒を卸してくれる池田の商人が言うとったわ。確か、前の城代は長内村のあたりに領地もろとったはずやけども、そこよりも、さらに北やそうや」

「長内村――ですか」

豊次が殺した長助という男も、その村の出だったはずだ、と甲次郎は思いだした。

「村方も、今は物騒な噂も流れてるさかいな。飛地を治めるのも大変やろ」

「物騒な噂って、なんです」

「噂やけどもな」

しつこく前置きしたあと、師匠は言った。

「長内村にある御公儀の蔵が、蔵破りに会うたらしいて話や」

「蔵破というと、米蔵か何かですか」

「それやったらまだましや。煙硝蔵や。半年ほど前に襲われたとか、なんとか……」

「煙硝ですか」

甲次郎は眉をひそめた。

確かに、それは物騒な話である。

と同時に、豊次が半年ほど前に破落戸仲間と村で何やら仕事をしていた、と豊次の父親の豊吉が言っていたことも甲次郎は思い出した。

（まさか）

いくら豊次が厄介な連中と関わっていたといっても、そこまで大それた悪事はすまいと思った。

だが、その後、師匠と話をしている間も、甲次郎の胸にはその話が引っかかっていた。

（いっそのこと、村に行ってみれば、豊次が村で長助と何をしていたか判るかもしれねえな）

町奉行所同心の祥吾も、村方までは、なかなか手が及ぶまい。

（長内村ってのは確か……）

大坂の北の方、池田に向かう辺りにあったはずだ。

翌朝、甲次郎は日が高くなった頃に若狭屋に帰った。庭から離れに向かおうと、母屋の脇を通ったときに、千佐の声が聞こえた。

それ自体は珍しいことではないが、甲次郎が足を止めたのは、千佐が何やら揉《も》めている様子だったからだ。

足を止め、濡れ縁の沓《くつ》脱ぎに近づいて、甲次郎は、耳をすましてみた。

何かを頼み込もうとする千佐を、叔母にあたるお伊与《いよ》が、困った様子でなだめている。

新しい着物でも欲しくなったか、と甲次郎は肩をすくめた。

実は、甲次郎には、千佐に話したいことがあった。

豊次の事件を調べるため長内村に行ってみようかと考えたときに、思い出したことがあったのだ。

確か、この間会った千佐の友達美弥は、長内村の庄屋の娘と言っていた。ならば、庄屋の父親に一筆書いてもらえれば、村方に行って調べ物をするのも楽になる。

そのため、千佐の力を借りようと思っていたのだが、今は呼び出せそうにない。

しょうがないな、と庭に戻ったとき、人の気配がした。

誰かと思って振り向けば、

「甲次郎兄さん。今お帰りですか」

濡れ縁から柔らかい笑顔を甲次郎に向けたのは、若狭屋の一人娘信乃だった。

信乃は、幼い頃から病弱で家に籠もりがちだったため、透き通るような白い肌をしている。

美しい娘である。

人形のようだと昔から言われていたが、蘭方医学の薬のおかげで体が元気になった近頃では、その人形に娘らしい生気が加わって、さらに綺麗《きれい》になったと奉公人たちも噂していた。

久しぶりに見た許婚《いいなずけ》の姿に、甲次郎も、確かにその通りだと思った。信乃は綺麗になった。

だが、それが甲次郎に男としての情を引き起こすかといえば、少し違うような気がした。

病弱で二十歳までも生きられぬと言われていた信乃は、許婚とはいえ、いつか女房と呼ぶことがあるとは一度も思ったことのない相手だったのだ。今でも、この娘と夫婦になることが、自然には受け止められないものがある。

「揉めてる声が庭まで聞こえてるぞ」

はしたねえな、と部屋の中にいる千佐をからかうつもりで、甲次郎は言った。

「気にならはります？」

訊ねてきた信乃が、じっと自分を見ているのに気づき、甲次郎はなんとはなしに慌てた。

千佐のことが気になるのかと、そう言われた気がしたのだ。

信乃と千佐は従姉妹どうしで、千佐が九つ、信乃が七つのときから若狭屋で一緒に暮らしている。仲も良い。信乃が部屋に籠もりきりだったころは、千佐は甲《か》斐甲斐《いがい》しく面倒を見ていた。信乃も、千佐を慕っていた。

信乃が病弱だったぶん、甲次郎は、千佐と話をすることの方が多かったが、大人しい信乃は、それを気にする素振りなど、見せたことはなかった。

用があるんでな、と甲次郎は言った。

「千佐に頼みがあったんだが、また後にすると言っておいてくれ」

「頼みって、何です？　うちではあきませんか？」

言われても、すぐに応えられることではない。

だが、隠すのも妙な気がした。

「千佐の友達に、美弥って娘がいるだろう。その子の故郷の村のことで、少しな」

「お美弥さんのこと？　それやったら、ちょうど今、千佐ちゃんが母さんにお願いしてはるけど」

「どういうことだ」

「そやから、お美弥さんが長内村に何日か里帰りしはるのに、ついていってあげたい、て。……もしかして、甲次郎兄さんも行くつもりやった？　それやったら、今言うてあげたらええのに。甲次郎兄さんが一緒やったら、母さんも、ええって言わはるかもしれへんし」

信乃は、首をかしげながら、まだ揉めているらしい部屋の内を振り返った。

第三章　煙硝蔵の村

一

二日後、甲次郎は千佐とともに若狭屋を発った。

美弥の寄宿先である鈴屋に着くと、すでに店の前で二人を待っていた美弥は、恐縮した様子で甲次郎に頭をさげた。

「若旦那さんまで一緒に来てくださるやて、なんて御礼を言うたらええか」

美弥が村に帰りたいと言い出したのは、兄嫁のお富《とみ》から文が届いたためで、父親の太郎兵衛《たろべえ》が過労で倒れ、病床で美弥に会いたがっているとのことだった。

どうしても戻りたかったのだ、と美弥は言った。

美弥の母親は二年前に他界しており、そのときには、村からの知らせが遅れ、美弥は臨終に間に合わなかった。

「命に関わるわけやないて、文にはあったんですけど、気になって。そやけど、ひとりで帰るのは物騒やし」

長内村《おさない》までは三里ある。

男の足なら日帰りできる距離だが、娘が一人で歩くには、少々骨のおれる道中だ。西国街道は旅人の往来が多く、追いはぎの類もいる。鈴屋では丁稚《でっち》をひとり付けてやってもいいとは言ったが、美弥はこのところ、体の調子を崩していた。途中で具合が悪くなっては、丁稚一人ではどうしようもない。

ならば自分もついていく、と世話好きの千佐が言い出したのだが、これには鈴屋の主人だけでなく、若狭屋の夫婦も反対した。娘二人が丁稚だけ連れて街道を歩いていたら、さらに目立つだけで、物騒なことにはなんの変わりもない。

「若旦那さんが一緒に行ってくれはるんやったら、安心ですわ。ありがたいことです」

美弥の見送りに出てきた鈴屋の主人も、甲次郎に頭をさげた。

「美弥の父親は、あたしにとって大事な幼なじみ。見舞いに行きたい美弥の気持ちも判りますさかい、どうにかしてやりたいと思てましたんや。どうぞ、よろしゆうお願いいたします」

鈴屋の主人喜八《きはち》は、人の良さそうな太り肉《じし》の旦那で、美弥の父親太郎兵衛とは寺子屋の折りの友人とのことだった。庄屋の跡取りとして生まれた太郎兵衛は、今の美弥と同じように、幼い頃に市中に寄宿し、学問に勤《いそ》しんだのだ。

鈴屋は、饅頭屋だけあって、朝早くから若い職人が何人も出入りし、あわただしくしていたが、喜八は商いもそっちのけで、くれぐれも気をつけて行くようにと何度も美弥に繰り返した。

「甲次郎さんが一緒やったら、大丈夫です」

千佐が、自分のことのように胸をはって答えた。

美弥の荷物持ちに付き添うことになっていた丁稚が熱を出したため、新太《しんた》という若い見習い職人が一緒に来ることになった。新太は、ひょろりと背は高いが、顔を見ればまだ子供のようで、甲次郎に挨拶をする口調も頼りない。口数が少なく、何やらおどおどとしている。

それなら無理に荷物持ちなどいなくても、と美弥は言ったのだが、

「職人やいうても、丁稚に毛が生えた程度の奴ですわ。まだ十六ですから」

気にしないで使ってくれと言われ、結局、四人で連れだって出かけることにな

った。

鈴屋を後にし、歩き出してからも、

「甲次郎さんがいてくれたら、追いはぎが出てもやっつけてくれるから」

甲次郎の一歩前を美弥と並んで歩きながら、千佐は嬉しそうにしていた。

秋晴れの空の下、気心の知れた者と連れだって出かけるのだ。友人の父親の見舞いではあるが、命に別状がある様子でもない。

はしゃいでも無理はない、と甲次郎は苦笑した。

娘たちの後について歩くのは楽しいものではなかったが、千佐が嬉しそうにしているのを見るのは、悪くなかった。

長内村に着いたら、甲次郎は、長助のことを調べてみるつもりだった。豊次は村方でいったい何をしていたのか。長助という男と豊次の間には何があったのか。庄屋である美弥の父にも話を聞ければ都合がいい。

本町の若狭屋を発ったのは明け六つ（午前六時）で、まだ薄暗かったのだが、鈴屋まで美弥を迎えに行き、そこから北へ向かって曾根崎《そねざき》のお初《はつ》天神の前を過ぎた頃には日が高くなり、汗ばむほどになった。

じきに、町家の姿が道の左右から消え、代わりに田畑が続くようになった。

「長内村ってのは、どんな村なんだ？」

甲次郎は、往来の人通りが少なくなったのを見計らい、娘たちの隣に並ぶと、訊《たず》ねた。

「小さな村です。千佐ちゃんの故郷の富田林と比べたら、のどかな、何もないところです」

千佐の生まれ故郷の富田林は、村ではなく、在郷の町であるから商家が多い。千佐の生家も造り酒屋である。

長内村はほとんどの者が百姓で、米や菜種《なたね》を作って暮らしていた。周辺には伊丹、池田といった酒造で有名な町があり、酒造米造りも盛んである。

数年前までは天領だったが、前の大坂城代内藤紀伊守が赴任した際、役領として内藤家に与えられた。

「御城代の御役替えで、次はまた新しい御城代様の領地になるて噂もあったんですけど、結局、天領に戻ることになりました。村の者は喜んでるみたいです。天領のほうが年貢も安いし」

大坂近郊の農村は、気候も温暖で凶作も少なく、概して豊かであるが、それでも年貢は安いに越したことはない。

ただ、領主の交替は、それ自体負担になる。新しい城代に商人たちが祝儀を届けなければならないように、新しい領主の家臣が村の検分に訪れれば、接待は村役人が受け持たなければならない。

「それに、ご領主の交替のほかにも、今、うちの村は、いろいろ落ち着かへんのです。長内村と隣村の村境には御城代様の御蔵がありますさかい、そちらの引き継ぎで」

「蔵か。煙硝蔵だな」

「そうです。戦になったときに必要な火薬がしまってある御蔵です。若旦那さん、よう御存知で」

美弥が感心した顔をした。

「煙硝蔵？」

初耳だ、と千佐が言った。

「そういうの、普通、城のなかにあるもんと違うの？　難波《なんば》の方にもあるけど、あれは米蔵やし」

大坂では、難波と天王寺《てんのうじ》に米蔵がある。城に近い玉造《たまつくり》の蔵とともに大坂の食糧庫となっていて、大坂町奉行と大坂城代配下の蔵奉行とが、管理を受け持っている。

「お城のなかにもあるけど、長内村にもあるんです。蔵が出来たのはもう何代も前の話やけど、人足が駆り出されて大変やったって、村には伝えられてます」

駆り出された村の男衆にとっては、煙硝など見るのは、むろん初めてのことである。

珍しさのあまり、なかには、箱ごと煙硝を持ち出してしまった者すらいた。

「桐箱に入ってるらしいんです、御蔵の煙硝は。そやさかい、桐箱だけでも欲しい、餅入れにするんやて言うてこっそり持ち出した者がいたて、村の者は言ってます。中の煙硝は、恐ろしゅうなって池に放り込んでしもたから、今でも池の底には煙硝が沈んでるはずや、て」

美弥は笑って話をしたが、

「なんや、恐ろしい話」

千佐が眉をひそめた。

「戦になったときの火薬の蔵ってことは、今も、その御蔵のなかには、煙硝がぎっしり詰まってるんやろ？　もしも蔵破りにでも狙われたら……」

「いややわ、千佐ちゃん。もちろん、そないなことにならんよう、お役人様の見張りもいてはるし、村の者も気いつけてるし」

人足が箱ごと持ち出したなどという話も、おそらくは作り話だ、と美弥は千佐を安心させた。

数十年前には蔵破りをしようとたくらんだ一味があったが、錠前がどうしても破れず、もたもたしているところを当時の庄屋に見つかってお縄になったのだと、祖父の手柄話も美弥は披露した。

それだけ厳重に管理されているのだから、蔵破りをしようなどと思う者はいるはずがないとも言う。

それに加えて、これまでは蔵の管理は城番配下の鉄砲奉行に任されていたのだが、先の城代は、家中に直々に蔵の見廻りも命じ、さらに慎重に対応していた。

「お見廻りの方がいらした時には、うちの村がおもてなししてました。どの御方も、御蔵の守りは大事なお役目や、て熱心でした」

だから大丈夫、と美弥は語ったが、甲次郎は、実情はそうもいくまいと思った。

美弥は何十年も前の手柄話などをして安心しているが、今は、そのころとは事情が違う。戦など起こりようもなかった泰平の時代ならばともかく、大砲を積んだ異国船も近海をうろつく昨今だ。軍勢を出して大砲の撃ち合いをすることが、この先まるでないとは言い切れないのだ。

　武器を欲しがる者も増え、したがって、煙硝蔵に目を付ける者もいよう。蔵破りが出ても不思議ではない。

城代が家臣を直々に見廻りによこしているということ自体、世間に物騒な動きがあることを示しているようなものだ。

「城代の交替となれば、煙硝蔵の検分なんかもあるのか？」

「先の御城代様は熱心な方でしたから、きちんとされると思います。そやけど、今度の御役替えは、急のことやったし、大変みたいで……」

美弥の声が曇った。

「そんなこともあって、父もきっと気疲れが……」

父の病を思い出したのか、美弥の言葉はそこで途切れた。

うつむきがちになる美弥を気にして千佐もしばし口をとざし、甲次郎も再び娘たちの一歩後ろにさがり、黙って歩き始めた。あまり喋り通しで娘たちが疲れても困る。

長内村に向かうには、まずは西国街道に入って、十三《じゅうそう》の渡しで淀川を越えることになる。

そこからは西国街道を離れて能勢《のせ》街道に入るのだ。

昼前にたどり着いた十三の渡し船は、ひどく混んでいた。

大坂に向かう船が商用の客で混むのは予想していたが、西へ行く船も、負けぬほどに人が多かった。中山寺《なかやまでら》へ参詣に行く者が多いらしい。

「そやから、季節に関係なく混んでます」

能勢街道を歩くのは初めての千佐と甲次郎に、美弥が説明した。

二

渡し船を下りたところで、せっかくだから、と美弥が指さしたのは、川縁に並ぶ焼き餅《もち》屋だった。

ここを通るたびに必ず立ち寄る有名な店なのだ、と言う美弥に、千佐も嬉しそうにうなずいた。

これだから女子どもの道中は進まないのだと、甲次郎は呆れたが、娘二人は、そろそろ疲れてもいるようで、つきあうしかないようだった。

米粉の皮で餡《あん》を包んだだけの簡単な餅だが、何軒かある店は、どこも行列が出来ている。

この店が特においしいのだと、美弥は渡し場から二軒目の店に並んだ。

お嬢さん里帰りでっか、と餅を忙《せわ》しなくあぶりながら親しげに声をかけてきた。

そう、と美弥はうなずき、

「お父ちゃんが病気やて聞いたから。別に大袈裟《おおげさ》に心配するほどでもないらしいけど、たまには帰ってもええかなって。お土産にするさかい、包み二つ、余分に作って」

「へえ。毎度おおきに」

主人とは知り合いなのか、と訊ねた千佐に、美弥は笑った。

「いつも通るたびに買うさかい。おじさん、これだけお客が多いのに、人の顔、よう覚えてはるんや。感心するわ」

竹の皮にできあがった餅を包みながら、焼き餅屋の主人が切り出した。

「お美弥ちゃんのお父ちゃんいうたら、長内村の庄屋やったな。長内村の煙硝蔵、蔵破りにあったて噂で聞いたけど、本当か？」

えっ、と一瞬、美弥は目を見開き、隣に立っていた甲次郎も驚いた。こんなところでその話を聞くとは思っていなかったのだ。

美弥は、笑い崩れた。

「まさか。おじさん、何を言うてんの。また冗談ばっかり」

「冗談と違うで。何人かに聞いた話やで」

「嘘。しょうもないこと言わんといて。噂って、どんな噂？」

否定はしながらも気になるようで、美弥は身を乗り出すようにした。

「半月ばかり前やけど、ここの渡し場で、旅籠《はたご》が一軒燃えたんや。燃えたて言うても、二階の天井が飛んだくらいで、大した火事にはならんかったんやけど、奇妙な燃え方でな。雷みたいな音がして、火が噴き出た。どうも、客の一人が、ふざけて何か火鉢に投げ込んだせいらしいけど、それが、長内村の煙硝蔵から持ち出された煙硝の玉や、ていう噂が後から流れてな……」

「おい。煙硝ってのは、雷みたいな音で燃え上がるもんなのか」

甲次郎が横から会話に割って入った。

十三でそんな火事があったとは初耳だったが、主人の話は、甲次郎に熊七の店の火事を思い出させた。あの火事は、まさしく、そういう燃え方だった。

焼き餅屋の主人は苦笑した。

「さあ、そら、本当のことはあたしかて知りません。誰も知らんのと違いますか。本当にやってみた者でないと」

だが、噂になっていることは事実だ、と主人は言った。

「しかし、蔵を破って煙硝を持ち出すなんざ、簡単にできるもんじゃねえはずだが。御城代の蔵だ、役人の見張りもいるんだろう？」

さきほど美弥から聞いた話を思い出しながら口にしてみると、そやから、と主人は声を潜めるようにした。

「そのお役人が関わってたて話もありますんや。お役人いうても、不心得な方もおりますやろ。盗賊の一味に手を貸した者がいるとか。……ま、噂やけど」

なるほどな、と甲次郎はうなずいた。

「で、火事を出したのは、どこの旅籠だ？　旅籠の者は無事だったのか？」

「街道沿いの、桝屋《ますや》て店です。客が一人、焼け死んだとか。播州《ばんしゅう》の履物《はきもの》問屋さんで、御伊勢参りの途中やったそうです。火事の少し前には、うちの焼き餅も買うてくれてはったみたいで。お気の毒なことですわ」

「播州、か」

あるいは熊七の一件と関わりがあるのではないか、と思ったのだが、それにしては播州の客では少しばかり遠かった。

「蔵破りがあったって噂は、その火事のあとに出てきたのか?」

「少し前から言われてたみたいですけど。でも、まあ、こういう話はどこまで信用していいものやら判りまへんし、ここも、いろんなひとが通りますさかい、根も葉もない話かて飛び交います」

あんまり真面目に取り合わんといてください、と焼き餅屋の主人は曖昧《あいまい》に笑ったあと、近頃は村方も物騒だから気をつけるようにと、美弥には念を押した。

「おおきに」

美弥は愛想良く主人に笑いかけ、焼き上がった餅を手に、店の前の腰掛けに腰を下ろした。千佐も隣に腰掛け、荷物持ちの新太にも、遠慮しないで座るようにとすすめた。

甲次郎は、楽しげに餅を食べ始めた娘たちに勝手に動かないように言い置き、一人、町の中へと足を向けた。

桝屋とやらに行ってみるつもりだった。

その火事が本当に煙硝によるものだったのかどうか、気になった。雷のような音が煙硝の爆発によるものであれば、熊七の店の火事もそれだったかもしれない。

　桝屋はすぐに判った。

　朱塗りの目立つ看板がかけられており、二階を見上げれば、一部が焼け落ちたままだった。

　おい、と隣の宿の前で格子の埃を拭いていた太った女中に、甲次郎は声をかけた。

「隣の二階、小火《ぼや》があったんだそうだな」

「へえ。そうです。ちょうど今日みたいな、良い天気の日でしたわ」

「昼間の火事だったのか？」

「夕方でしたけど。可哀想に、女中さんが一人、亡くなってしもて」

「女中？　死んだのは客じゃなかったのか」

「お客さんはその日のうちに亡くならはりましたけど、大火傷《やけど》負った女中さんが、三日後に死んでしもたんです。隣の店やけど、うちも顔見知りやったし、女中仲間と泣きました」

　それはまた気の毒なことだったなと甲次郎が調子を合わせると、女中はそうです、と強くうなずいた。

「客の起こした火事のせいで焼け死んでも、女中なんか、お弔いもしてもらわれへん。可哀想に──」

可哀想と言いながら、怒ったような口調だった。

「客が煙硝玉を持ってたせいで火事になったって噂があるそうだな」

水を向ければもっと話をしそうな女だ、と甲次郎は続けて訊いたのだが、

「また、その話ですか？」

煙硝という言葉を口にしたとたん、女中はうってかわって、うんざりしたような目を甲次郎に向けた。

「もう何度も、その話訊かれました。結局、みんな、死んだお蓮《れん》ちゃんのことより、煙硝玉のことが気になるんや。蔵破りがあったとか、なかったとか、そないなことうちは知りませんから」

ふいと顔をそらし、そのまま、女中は足音をたてて店のなかに消えてしまった。

火事と煙硝蔵破りの話は相当な噂になっているようだが、判ったのはそれだけで、なかなか先には進まない。

と、甲次郎は二軒ほど先の宿の前で、じっとこちらをうかがっている編み笠の

男に気づいた。

（あの野郎、まだいやがる）

そのことには、少し前から気づいていた。

西国街道を行く旅人は多い。

十三の渡し場にも大勢いた中山寺への参詣客は同じ道を行くことになるし、街道沿いには、岡町、池田といった在郷町《ざいごうまち》があり、市中の商人が商用で出向くことも多いのだが、先を急ぐそういった者は、たいていの場合、娘二人が喋りながら歩く甲次郎たちの一行よりも足が速い。

どんどんと追い抜いていくのだが、そのなかで、一人、こちらを抜き去りそうになると慌てて歩調を落とす武士がいることに、甲次郎は気づいていた。

娘たちの歩調に合わせて距離を保つということが苦手なようで、足音が聞こえるほどに近づいてきたかと思うと、立ち止まったかのように歩調を緩くして距離をあける。

（つけてきてるにしちゃ、下手くそだが）

ずっと気にかかっていたその男が、今も、桝屋の前に立つ甲次郎の様子をじっとうかがっているのだ。

いい機会だ、と甲次郎はそちらに顔を向けた。

相手はすぐに甲次郎に気づき、そのまままきびすを返して逃げ出そうとした。

甲次郎は呆れながら追いかけた。

「あんた、それで逃げられると思ってないだろうな」

足の速さも機敏さも甲次郎のほうが数段上だった。

後ろから二の腕をつかむと、武士は振り返り、抗議の声をあげた。

「何をする、いきなり。無礼であろう」

「やっぱり、あんたか」

編み笠をはずしてみるまでもなく、聞き覚えのある声だった。

「何で、あんたがおれをつけてくるんだ。十五郎さんよ」

「誰もつけてなどおらん。たまたま同じ方向に歩いているだけだ。そこをどけ」

「おれがどいたら、どうするんだ。おれをつけてきてるんだろう。追い抜いちゃまずいんじゃねえのか」

「言いがかりだ。私は在方《ざいかた》に用事があるだけだ。たまたま、おぬしが前にいただけだ」

「在方に用事ねえ」

はいそうですか、と通すわけにはいかなかった。

武芸のたしなみもなさそうな男一人くらい、甲次郎にとってはさして問題ではないが、このまま美弥の家までついてこられては、後々面倒にならないとも限らない。

「腕を放せ」

「悪いが、こっちもそんなに気が長くないんでね。何も話す気はないが後をつけてくるって野郎をそのまま放ってはおけねえんだよ」

放せ、と十五郎はさらに声をあげ、助けを求めるようにまわりを見た。

だが、往来の客は、含み笑いを浮かべたまま通り過ぎるばかりだった。

武士が町人と揉《も》めており、しかも武士のほうが助けを求めている、となれば、笑いものになるだけで、誰も手出しをしようとはしないものだ。

狼狽《うろた》える十五郎を見ているうちに、甲次郎は苛《いら》立ってきた。腕っ節で勝負する相手のほうが、まだ話がつけやすい。何を言ってもこれでは埒《らち》があかない。

しょうがねえな、と甲次郎は腕を放した。

十五郎は体勢を立て直し、抗議の言葉でも口にするかと思いきや、そのまま歩き去ろうとした。

その目が、何かを見つけて見開かれた。

甲次郎もその視線の先を見やり、おや、と眉を上げた。

十五郎の視線の先にいたのは、千佐と美弥だった。茶店で待っていろと言ったのだが、餅を食べ終えて、甲次郎を捜しに来たようだ。

美弥は目を丸くしていた。

「十五郎様」

美弥の唇がそう動いたのを甲次郎は見た。

知り合いなのか、と驚いた瞬間、十五郎が顔を背《そむ》けた。

美弥の脇をすりぬけ、走るようにして逃げていった。

甲次郎は唖然《あぜん》とそれを見送ったあと、おもむろに視線を娘たちに向けた。

美弥は、突然の邂逅《かいこう》に驚いたようで、目を見開いたままだ。

甲次郎は、ゆっくりと歩み寄った。

「あんた、あの十五郎って男の知り合いなのか？　どういう男なんだ、あれは」

「え……」

「あいつは市中からずっと、おれたちをつけてきていた。おれはあの野郎とは少しばかり因縁があるんで、てっきりおれをつけてきたんだと思っていたが、もしかして、あんたについてきてたのか？」

「……いえ、それは違うと思います」

ようやく驚きから我に返った美弥は、小さく首を振った。

「十五郎様は、先の御城代様の御家中です。さっき言うた、御蔵の見張りに時々お見えになってた方の一人です」

「なるほど」

それならば、十五郎が村に向かう道を歩いていてもおかしくはない。

だが、明らかに甲次郎の様子を気にしているふうだったのだ。気にはなる。

「若旦那さんは、十五郎様をご存知なんですか。いったい、どこで……」

「町中で偶然、会った。あんたが具合を悪くして倒れた、あの火事の日だ。火事の現場にいたおれに、あいつが声をかけてきたんだ」

ああ、と千佐がうなずいた。

「そういえば、あのときに甲次郎さん、どこかのお武家様と話してはった……」

そんなところに十五郎様が、と美弥がつぶやいた。

「あいつ、名字はなんていうんだ」

「関内《せきうち》様です。関内十五郎様」

「あいつが長内村と関わりがあったのは判ったが、あんたはなんで知り合いなんだ？　蔵に見張りに来ていたと言ったが、今の城代が大坂に赴任した時分には、あんたはもう市中に寄宿していたんじゃないのか」

「お盆に村に帰っていたときに、たまたま、十五郎様もお役目で村にお見えだったんです。そのときにお会いして……」

「会ったのは、そのときだけか？」

何気ない問いだったのだが、美弥は口ごもり、顔がなぜか赤くなった。

「甲次郎さん」

千佐が何かに気づいた様子で割って入った。

「そんな、あれもこれもて、聞かんでも。甲次郎さんの知りたいことと、お美弥ちゃんとは、何も関係あらへんのやし」

「若旦那さんの知りたいことって？」

美弥が、驚いたように千佐を見た。

「もしかして、若旦那さん、うちのこと以外に、何か御用があって長内村に……」

「知り合いが殺されたんだよ」

しょうがない、と甲次郎は腹をくくった。甲次郎の事情については、まだ美弥には話していなかったのだが、ずっと秘密にもしていられない。どうせ、村についたら長助のことを調べなければならないのだ。

「その知り合いも、人を殺した。殺されたのは、長内村の長助って男だ。そいつらが村方で何か悪事に関わってたらしくてな。おれはそれを調べてるんだ」

「長助さんやったら名前は知ってますけど、でも、その長助さんを若旦那さんのお知り合いの方が殺したやて……」

そのまま美弥の顔が青くなるのを見て、甲次郎はそこで話を打ち切った。

とりあえず先に進もう、と千佐に言い、一人で先に立って歩き出した。

どうにも妙な具合になってきた、とつぶやきが洩《も》れた。

美弥が長助を知っているのは、同じ村の出なのだから予想の範囲だったが、十五郎までとは思わなかった。

その十五郎は城代の家臣として煙硝蔵に関わっていた男で、十五郎の知り合いだった熊七は、煙硝によるものかもしれない火事で死んだ。

「甲次郎さん」

しばらく歩き、渡し場の賑わいが聞こえなくなった頃、後ろから千佐が追いかけてきた。

「美弥はどうした」

「新太さんと後ろにいはります。それより、甲次郎さん。さっきの御方やけど……」

「前に言ってた美弥の惚《ほ》れてる武士ってのはあの男か」

甲次郎は先回りした。さっきの美弥と千佐の様子から、そうではないかと思っていたのだ。

千佐は一瞬、言葉に詰まったが、そうですと言った。

あんな腰抜けに惚れる女もいるのか、と甲次郎は呆れた。

だが、庄屋の娘と、お役目で村を訪れていた武士だ。ありがちと言えばありがちな恋だ。

「お前は、会ったことはなかったんだろう？」

「前に会《お》うてたら、あの火事のときに気づきました」

それはそうだ、と甲次郎はうなずいた。

「十五郎様ていう方、煙硝蔵のお役人やそうやけど、やっぱり、蔵破りのことを調べるために村方に来てはるんやろか」

「さあな」

「お美弥ちゃん、しばらく十五郎様には会うてなかったんやて。久しぶりに会えて嬉しい、て言うてはりました」

甲次郎は答えなかった。

そうは言っても身分違いではどうしようもないし、それが判っていたから、美弥も他の縁談を受けたのだろう。第一、十五郎は大坂城代の家臣で、じきに大坂を去る。

千佐はすっかり友達に同情しているようで、つぶやくように言った。

「……お美弥ちゃん、可哀想に」

三

一行は、神崎《かんざき》川を越える三国《みくに》の渡しでもう一度、船に乗った。

三国は、十三に比べればこぢんまりとした渡し場で、宿の数も多くはない。

十三の渡しを越えたところで、道は西国街道と能勢街道とに分かれ、中山寺への参詣客などは甲次郎らと同じ能勢街道を通るが、伊丹や尼崎《あまがさき》に行く旅人たちは西国街道になる。

小さな蕎麦屋を見つけて、一行は昼食をとった。

「街道沿いでは、岡町が大きい町場です」

長内村は、それより手前にあると美弥は言った。

昼からは、疲れてきたのか休みがちになった美弥に合わせて歩いたため、長内村に入る頃には、すでに日が傾いていた。

村に入ると、畑仕事の百姓たちが、見慣れぬ一行に目を留め、手をとめて顔を上げた。

甲次郎も千佐も、どことなく居心地の悪さを感じたが、美弥は違った。

一人一人に声をかけ、気さくに挨拶をした。

どこの者かと不審げな百姓たちの顔が、美弥に気づくと、とたんに懐かしそうな笑顔に変わった。

「ああ、庄屋のお嬢さん。お帰りでっか」

「美弥お嬢さん、里帰りでっか」

しばらく会わへんかった間にお綺麗《きれい》にならはって、と目を細める年寄もいた。

代々庄屋をつとめてきたという美弥の家が、村の者たちから慕《した》われているのがうかがわれた。

高台にあるのが、美弥の家であった。

たどり着いた家は、屋敷と呼ぶにふさわしい立派なもので、長屋門まであった。

門をくぐると、表に出て幼子を遊ばせていた兄嫁のお富が、美弥を見つけて、駆け寄ってきた。

「美弥ちゃん、帰ってきてくれたんや。良かった」

「ご無沙汰してます、義姉《ねえ》さん」

父さんの具合は、と美弥は真っ先に訊いた。

「まあ、たいしたことはないし、心配せんでも大丈夫やで。……ところで、そちらのお三人は？」

お富は、問いかけるような視線を千佐と甲次郎と新太に投げた。

美弥が三人を紹介すると、

「まあ、それは遠くから、ようこそ」

まじまじと三人を見ながら、亭主の太助《たすけ》は隣村の庄屋のところに出かけているが、義父の太郎兵衛は奥にいるとお富は言い、

「今、お呼びしてきますさかい、美弥ちゃん、お客様をお座敷に案内して」

幼子を抱き上げて裏に回っていった。

千佐と甲次郎が通された座敷は広々として、床の間の軸も見事なものだった。

お富が茶を持ってきた後、すぐに初老の男が座敷に姿を見せた。

「お父ちゃん。倒れたて聞いたから心配したのに」

美弥が驚きの声をあげたほど、現れた太郎兵衛は元気そうだった。

庄屋とはいえ自ら畑に出るのも大好きで丈夫な父だったのだ、と美弥は千佐に語っていたが、そのとおりに日に焼けて、血色の良い顔をしている。

太郎兵衛は、おおらかに笑った。

「いや、倒れたときは、もうあかんかと思たんやけど、隣村の医者がくれた薬が思いのほか効いてな。人騒がせしてしもたけど、美弥もたまには、こっちに帰ってきてもええやろ」

「それは、そやけど」

心配したのに、と美弥は口をとがらせた。

千佐が太郎兵衛に携えてきた手土産を渡し、甲次郎も、一応は礼儀正しく挨拶をした。

それはご丁寧《ていねい》に、と太郎兵衛が土産を受け取り、美弥も十三の焼き餅を手渡しながら道中の話などを披露した。

やがてお富と女中とが膳を運んできた。

酒だ肴だと早速にもてなされるよりは、日が暮れきらぬうちに村に出て長助という男の素性について調べたいと甲次郎は思っていたのだが、こうなっては仕方がない。

千佐も、初めは恐縮していたが、お富や太郎兵衛、隣村から帰ってきた美弥の兄太助らの気さくな人柄にうち解け、食事が終わる頃には、美弥の三人の姪たちにもすっかり懐かれていた。

一緒に双六《すごろく》をしよう、とねだられるまま隣の部屋に手を引かれていく美弥と千佐を見ながら、女子どもは無邪気ですなあ、と太郎兵衛が甲次郎の杯に酒を注いだ。

先ほどから自分もかなりの量を飲んでいて、やはりとても病気だったとは思えない。

甲次郎が改めてそう口にすると、太郎兵衛は頭をかいて苦笑し、

「まあ病気やとでも言わんことには、町に行ってしもた娘は、なかなか帰ってきませんしなあ。もうじきに嫁にいってしまうのに、なかなか会うこともできませんで」

半ばは美弥を呼び戻すための仮病だったのだ、と自分で認めた。

華やかな町の暮らしに慣れれば、なかなか帰る気になれないのは判る。自分もそうだったからしょうがないのだがと言い、そこで太郎兵衛は言葉を濁した。町に嫁がせることが決まった今になって、寂しさを感じているのかもしれなかった。

ところで、と甲次郎は杯をおいた。

訊きたいことがあるのだ、と切り出した甲次郎に、なんでっか、と太郎兵衛は気さくに応じた。

だが、甲次郎が長助の名前を出したとたん、眉をひそめた。

「あいつが、町で何かしよりましたか。昔っから悪がきで、人の家に勝手にあがりこんでものを盗むわ、畑のものは勝手に食うわで、本当に困ってましたんや」

十二歳で村を出て、大坂で悪い仲間に入ったとは聞いていた。

が、半年ほど前から再び村で姿を見かけるようになったため、庄屋として気にかかり、ひと月前に声をかけ、村に戻る気になったのなら受け入れてやるし、戻りたくないなら市中で奉公先を見つけてやるから何とか堅気に戻るようにと説教をした。同時に、幼なじみで美弥の寄宿先でもある鈴屋の喜八に文を届け、下働きてもいいから長助に奉公先を見つけてやってくれないかと頼んだ。

しかし、結局、長助は鈴屋に顔を見せることはなかったようで、その後のことは知らないと太郎兵衛は言った。

甲次郎が、長助の死とその後の豊次の死について手短に説明すると、そんなことになってしまいましたか、と太郎兵衛はため息をもらした。

「この村に帰ってきたのは、ひと月前のあのときが最後やったんですなあ。父親も母親もまっとうな百姓やっちゅうのに、何を間違ってあないな阿呆が生まれたもんか……」

「長助の家ってのは、どのあたりにあるんです」

「煙硝蔵の少し手前です。なんやったら、明日にでもご案内します」

太郎兵衛は言った。

庄屋である太郎兵衛は、長助の死を知ったからには身内に伝えなければならない。

「一緒に行きましょう」

と太郎兵衛は言った。

頼みます、と言いながら、甲次郎は、もうひとつ太郎兵衛に訊いてみた。

例の、煙硝蔵破りの噂についてだ。

噂なのだが、と前置きして切り出した甲次郎に、太郎兵衛は難しい顔になった。

「その話、町の方の耳にも入るほどに広がってますか」

それきり言葉を濁し、太郎兵衛はしばし黙り込んでしまった。かなり深刻に気にかけている様子がうかがわれたが、

「まあ気にはなりますけども、あれは御城代様の物。私ら村方の者には、どないしょうもないとこもありましてな」

深く関わることを許されてもいないし、それは逆に、何かが起こっても村には関係がないということでもある。放っておけばいいとも思っているのだ、と太郎兵衛は冷静に言った。

長内村の蔵、と世間では呼び慣わされてはいるが、厳密に言えば蔵は長内村と隣の寺田村の境界に幕府が作ったもので、村の領域にあるわけではないのだ、とも太郎兵衛は説明した。

あくまで、村ではなく、公儀が直接に支配し、管理する蔵だ。

「それでも、蔵破りの盗賊一味などが近くをうろついているのでは村の治安にも

関わりますさかい、困ってはいます。見慣れん者が蔵へ行く道の近くで野宿してるのも見たことがありますし」

庄屋として、取り締まりを強化しなければと思っているのだ、と後から付け足した。

翌朝、朝粥を振る舞われたあと、昨日から変わらず幼子の相手に夢中になっている千佐を置いて、甲次郎は太郎兵衛と出かけた。

日はまだのぼり切ってはいないが、すでに百姓たちは一仕事終え、畦《あぜ》で煙草など吹かしひと休みしている。

昨日と同じで、太郎兵衛の姿を見ると、みなにこやかに挨拶をした。

穏やかな村だった。

米はすでに刈り取られたあとだが、もともとこの辺りは畑で大根などを作る者のほうが多いのだ、と太郎兵衛が説明した。大坂という大きな町場に近いため、青物作りは米よりもいい商売になる。

「船に乗せれば、町まではあっという間ですから」

町と村方とは、昔ほどに距離がなくなった。

「ところで、失礼ですけど、うちの娘とは前からのお知り合いで？」

連れだって歩き出して間もなく、太郎兵衛が訊いた。

いや、この間初めて会ったと答えると、ああそうですか、と安堵したような、あてがはずれたような顔をしている。

「いや、実は、甲次郎はんが娘の思い人なんやろかて思いまして。年齢も釣り合うし、男前やし。というのも、あの子はどうもわしらには内緒の惚《ほ》れたおひとが町にいるみたいやったんで」

「残念だが、それはおれではありませんよ」

「そうですか。ほなら、娘が寄宿先でどないな生活してるかも、ご存じないんですな」

それを訊きたかったのだが、と太郎兵衛は残念そうだった。

「千佐と仲良くしてるみたいで、一緒に出かけたりしていますよ」

「楽しくやってるんやったら、それはそれでいいんですけども。――実は、この前、鈴屋の喜八から来た文が、どうも気にかかってますんや」

あまり言いたくはないのだが、と前置きしたあと、鈴屋とは、長助のことでいろいろあったのだと太郎兵衛は言った。

太郎兵衛としては、村の者だからと素朴な親切心で面倒をみてやってくれるよう頼んだのだが、鈴屋にしてみれば、破落戸《ごろつき》の世話を押しつけられたと不快だったようで、その後に届いた文が、やけによそよそしくなっていた。

それだけではなく、鈴屋の遣いだと、大したものでもない菓子を手みやげに職人がひとり村にまで訊ねてきて、太郎兵衛は長助とどのくらい親しいのか、長助という男はどの程度やくざ者とつきあいがあったのか、今後長助が鈴屋に厄介をかけるようなことはないか、などといろいろ訊ねて帰った。

鈴屋が太郎兵衛に不審を抱き探りを入れてきたようで、不愉快なものだった。

「ゆうべ、それとなく訊ねてみましたら、娘は、そんなことがあったこともまるで知らんようでしたけど、それでも気にもなりまして。むろん、悪いのは考えなしに長助のことなど頼んだ私のほうですけど」

病だと言い立てて美弥を村に呼び戻したのも、その心配が募った上でのことらしい。

気にすることはないのではないか、と甲次郎は言った。

出がけに挨拶した鈴屋の主人は、美弥と太郎兵衛のことを心から案じているようだったし、美弥のほうでも特に意識した様子はなかった。

そう告げると、太郎兵衛は安堵したようだったが、それでも、しばらく娘は手元に置こうと思っているとも言った。

「縁談も進んでることですし」

そういえばそうだった、と甲次郎も思いだした。

「しかし、さっきの話では、娘さんに惚れた男がいるのを知っていて、縁談を決めたということになりますが」

「まあ、それは、そうです」

太郎兵衛は困ったように笑った。

「実は、うちの女房も、私が町に寄宿してたところに出会ってまして」

商家の出で、百姓の家に嫁入りなどと大反対されたが、駆け落ち同然で飛び出してきた。

もしも娘の相手の男が本気なのだったら、許してやるつもりだったのだが、と太郎兵衛は言った。

「美弥が結局、何も言いませんでしたから、約束のあるような相手ではなかったんやろと思て、縁談を進めることになりました」

十五郎のことが頭に浮かんだが、甲次郎は口には出さなかった。

美弥が父親に十五郎のことを告げなかったのだとしたら、思い合っていてもどうにもならぬ間柄であると察していたからだろう。

男と女にはそういうこともある。他人が口を挟むことではない。

村はずれの小さな家の前で、太郎兵衛は足を止めた。

「長助の家です」

長助の兄が家を継いでおり、母親は足が悪くて昼間でも家にいるはずだ、と太郎兵衛は言った。長助の死を知らせなければ、と暗い顔で家に入っていく太郎兵衛とともに、甲次郎はその老母と顔を合わせた。

勘当息子とはいえ、非業《ひごう》の死を知らされては、老母は冷静ではいられず、ひどく取り乱した様子で、すぐに市中に亡骸《なきがら》を引き取りに行くと言った。

亡骸は町方で始末されたはずだと伝えると、がっくりと肩を落としてむせび泣きを始め、しばらくは話もできそうにない。

甲次郎は、その場を太郎兵衛に任せ、自分はいったん家の外に出た。

愁嘆場は苦手であったし、何より、長助を殺したのは甲次郎の友人だった豊次なのだ。

たまらねえな、と甲次郎はため息をついた。

頭では判っていたはずだ。豊次が犯した罪は重い。

だが、今、ようやくその重みを甲次郎は腹の底から感じた。

役人である祥吾は、人殺しの取り調べをしたことも多いから、身内を殺された者の痛みを十分に承知していたに違いない。だからこそ、情を押し殺して、豊次をかばうなと言ったのだ。

甲次郎は己の手を見つめた。

己の手もまた、人の血を流したことのある手だった。

思いをめぐらせながら、甲次郎はぼんやりと歩いた。

やがて、枯れた木立の向こうに、蔵の屋根が見えてきた。

あれが噂の煙硝蔵かと、そちらに近づいていくと、木々の隙間《すきま》に人影が見えた。

木陰で二人、何やら話をしている者がいるようで、構わず近づいていくと、向こうも甲次郎の気配に気づき、顔をあげた。

武士だと判って、すぐに甲次郎の頭に思い浮かんだのは十五郎の顔だったが、こちらに顔を向けた武士は十五郎ではなかった。

甲次郎が近づいていくと、じっとこちらを見ていた二人の武士は、行く手に立ちふさがった。

「どこへ行く、町人。この先にあるのは、御城代様の煙硝蔵だ。何か用か」

声をかけてきた武士は、生意気そうな顔をした小柄な男だった。まだ元服していくらもたっていないだろうと思われる若者で、甲次郎を町人と見てか、反り返るようにして言った。後ろにいるのも、同じくらいの年齢の武士だ。

「何か用かって、町人が煙硝蔵に用があるわけねえだろう」

「では、村に戻ることだ。ここから先は町人の出入りする場所ではない」

「乱暴なことを言う連中だな。用がなくたって、近くまで見物に行くくらい構わねえだろう。近づくのも駄目だなんて、今どき、お城の番人だって言わねえぞ」

「なんだと、貴様。町人のくせにその口の利き方は無礼であろう」

町人のくせに——とは十五郎にも言われた、と甲次郎は思いだした。

こういう言葉は、言う方は口癖のようなものなのだろうが、言われると腹が立つ。おとなしく引き下がる気が失せ、甲次郎はさらに一歩を踏み出した。

「あんたたち、蔵の見張り役人か？　近くを歩いてるだけの町人まで必死になって追い払おうとするってことは、最近、蔵破りがあったって噂はいよいよ本当らしいな」

軽い気持ちで口にした言葉だったが、武士たちの顔色は、驚くほどに変わった。

「貴様――どこでその話を聞いた」

「……まさか、貴様、町方の役人ではなかろうな」

二人ににらみつけられ、甲次郎は苦笑した。

「おいおい、そんなふうにむきになられちゃ、噂が本当だと認めてるようなもんだぞ」

「ふざけるな。……そういえば、市中の怪しげな町人が、何やら熊七のまわりを嗅ぎまわっていると知らせがあったな。お前のことか、町人」

「ほう、そんなこと、誰に聞いた。それに、何であんたは熊七を知ってるんだ？　ここで熊七の名を聞くとは驚きだな」

「………」

武士は言葉に詰まった。しまった、と悔やんでいるのが顔で判った。

甲次郎は、さらに訊ねた。

「怪しげな町人というが、あんたらの方こそ怪しいぞ。その嗅ぎまわっている町人ってのがもしおれだとしたら、どうするつもりだ」

「黙れ。何のために我らのまわりをうろつく。いったい何を知っているのだ」

「妙なことを訊くじゃねえか。おれがあんたらのまわりを嗅ぎまわってるとしたら、何かを知っているからじゃなくて、何かを知りたがってるからだ。そう思うのが普通なんじゃねえのか」

甲次郎の問いに、若い武士は再び絶句した。

「……うるさい町人だ」

今にも刀に手をかけそうな風情だった。

甲次郎も構えた。

匕首ひとつ持っていないが、相手が若造二人なら、なんとでもなる。

しかし、そこで、動きはとまった。

「浅之進《あさのしん》殿、小三郎《こさぶろう》殿――何をしておいでです」

慌てた声が甲次郎の後ろから聞こえたのだ。

振り返ると、甲次郎を追ってきたらしい太郎兵衛が、一人の武士と一緒に立っていた。

「関内か」

若い武士が驚いた顔をし、甲次郎もまた目を見開いた。

そこにいたのは、関内十五郎だったのだ。

四

「お二人とも、何をしておいでです。岡町の宿でお待ちくださるよう、お願いしておいたはずです。このようなところで騒ぎを起こされては困りますぞ」

十五郎は、甲次郎を押しのけるようにして二人に歩み寄った。

昨日の旅姿ではなく、荷物もなく、身軽な形《なり》だった。

声には狼狽《ろうばい》がにじみ出ていた。

二人の若い武士は、舌打ちで十五郎を迎えた。

「不審な町人がおった故、問いただしておったのだ。何が悪い」

「悪いとは申しません」

しかし、と十五郎は渋《しぶ》っ面《つら》になった。

「この村はすでに我らの殿様の御領分ではございません。天領です。相手が町人であろうと、騒ぎなど起こせばどういうことになるか、ご承知でしょう」

「判っておる」

「うるさいことを申すな」

不機嫌をあらわに、二人は十五郎をにらみつけた。

年齢では十五郎のほうが上だが、それぞれの態度を見れば、家中での格の違いは明らかで、目上を目上とも思わぬ二人の態度に、見ている甲次郎まで不快になった。

しかし、十五郎は、あくまでも腰を低くして言った。

「浅之進殿、岡町の宿でお待ちくださいと申し上げたはずです。村にも煙硝蔵にもお近づきになりませんように、と。勝手な振る舞いはくれぐれもお慎み下さい。殿も悲しまれますぞ」

十五郎に念を押されても、浅之進らは憮然《ぶぜん》とした表情を消さなかった。なお言いたいことがありそうな顔だったが、それでも、とりあえずは黙って、甲次郎をにらみつけながら立ち去った。

「申し訳ない。蔵の見廻りに来ている者たちなのだが、まだ若く、血の気が多い方々なのだ」

十五郎は、あらためて甲次郎を振り返った。

丁寧《ていねい》に頭を下げながら、

「怪我はないか」

「見ての通り無事だ。しかし、あんた、お役目で村に来る途中だったってのは、嘘でもなかったようだな」

　十三の渡しで別れて以来、甲次郎は十五郎の姿を見ていなかった。が、行き先はやはり、この村だったわけだ。しかし、後をつけてきた結果、ここに来たという可能性を甲次郎は捨てきれなかった。

　太郎兵衛が、おや、と甲次郎を見た。

「甲次郎はん、関内様とお知り合いでしたんか」

「十三の渡し場で偶然、一緒だったのだ」

　甲次郎が口を開くより先に、十五郎が言った。

「お美弥さんにも、そのときに会った」

「そうでしたか」

　それは奇遇ですな、と太郎兵衛はうなずいた。

　それにしては美弥はその話をしなかったがとつぶやいたが、そのことを特に気にしたわけでもなさそうで、ところで、と甲次郎に向き直った。

「甲次郎はん。長助のことで判ったことがありましたんや」

「母親が何か知ってたんですか」

「いえ」

太郎兵衛は首を振った。

「今、関内様にお伺いしました」

「なに」

「長助のことでは、関内様にも一度、ご相談をしたことがありましてな。それで関内様もよくご存知なのです。ありがたいことに、気にかけていてくださったそうで」

数年前になるが、長助が村はずれで、市中から来た行商人と揉《も》め事《ごと》を起こしたことがあった。

それを町方役人が公の事件にしようとしたところを、村の領主であった内藤家の家中、なかでも煙硝蔵の縁で親しくつきあいのあった十五郎に頼みこみ、とりなしてもらったのだと太郎兵衛は言った。

内藤家は大坂城代であったから、町方の役人にも顔が利く。

十五郎が長助を知ったのはそのときだ、ということだった。

「また、その手の話か」

熊七と町娘をめぐる話が甲次郎の脳裏に蘇り、汚ねえ話だな、と甲次郎は舌打ちした。

町方役人に圧力をかけた武士がいたという話で、その武士とは十五郎だったのではないか、とうすうす思っていたのだが、その手のことが村方でも行われているわけだ。

大坂城代の家臣ともなれば、あちこちで権威を振りかざし、事件のもみ消しをやっているらしい。

十五郎に対してはもちろん、甲次郎は、太郎兵衛にも不快の念を覚えた。

村の庄屋として、町方役人と関わりたくないと考える気持ちは判るが、城代が領主であるのをいいことにもみ消しをはかったのかと思うと、あまりいい気持ちはしない。

太郎兵衛は甲次郎の苦い顔には頓着せず、

「長助と、長助を刺した豊次というひとは、賭場での顔なじみ。女のことで前から揉めておったそうです。豊次と将来を約束していた女に、長助がちょっかいを出したとか。刺されたのもそれが原因やないかと……」

「おい」

甲次郎は太郎兵衛の言葉を遮って、十五郎に向き直った。

「あんた、今まで散々しらばっくれてたよな。豊次のことも知らねえって話だった。それが、なんでいきなり喋る気になった。でたらめじゃねえだろうな」

「おぬしが村に来てまでしつこく長助のことを調べていると聞いて、気が変わったのだ」

口ごもりながら、十五郎は言った。

「私が連中と知り合ったのは、今、太郎兵衛が喋ったような事情で、あまり人に話すべきことでもないと思い、今まで黙っていた。だが、そこまで知りたがっているというのなら、私の知っていることを話してやろうと思ったのだ。内藤家の家中の者があのような破落戸《ごろつき》と行き来があったと知られては家の恥だとも思って今まで黙っていたのだが、それで私にまとわりつくのをやめてもらえるなら、ありがたい」

「まとわりつくとは言いぐさだな。つけてきたのは手前じゃねえか」

「違う、言いがかりだ。言っただろう。私は煙硝蔵に用があって来たのだ。だが、偶然、おぬしもここにいた。……おぬしの友人の豊次という男とは、熊七の店で何度か会ったことがある。長助と豊次は女をとりあっておったが、その女が長助のせいで死に、それで豊次は怒ったのだろう」

「それが本当だとしたら、熊七はどうなんだ」

「何のことだ」

「熊七の店の火事も、豊次がやったんだろう？　それは何でなのか訊いているんだよ。燃えてる店のなかで、熊七は最期に言った。あいつにやられた、長助の次はおれまでってな。おれをあんたと間違えたようだった」

「熊七の遺言があるというのは、出任せではなかったのか。だが、だとしたら、熊七が長助に手を貸したことが理由であろう。二人は仲が良かった。豊次は、二人に使い走りのように使われていたのだ」

甲次郎は熊七の最期の言葉をもう一度、思い出してみた。

熊七は、豊次のことを、あの恩知らず、とも言った。熊七にしてみれば、豊次をこき使っておきながらも、「手下にしてやった」とでも思っていたのかもしれない。

「ならついでに、もう一つ訊く。熊七の店の燃え方は、ただの火事とは違った。あの雷みてえな音、あれは、やっぱり煙硝なのか。あんた、煙硝蔵の御役をつとめてたんだから、判るだろう」

「――それは……」

「豊次がやったにしろ、違うにしろ、熊七は煙硝を仕掛けられて焼死した。連中は、煙硝蔵破りにも関わっていたのか」

「な、何を言う。馬鹿なことを申すな。蔵破りなど断じて行われてはいないぞ。ただの噂だ」

十五郎は慌てた様子で、首を振った。

それに第一、と声を荒げて甲次郎をにらみ、

「煙硝がどうこうという話は、おぬしには関係なかろう。長助と豊次のことは判っただろう。納得してとっとと市中に帰ったらどうだ」

「ああ、確かに煙硝蔵破りなんざ、おれにはどうでもいい。だが、豊次がその一件に関わっていたのなら、話は別だ。豊次を殺した奴も、その仲間だったかもしれねえからな。あんた、知ってるんじゃないのか。もしかして、あんたもその仲間だっていうんじゃねえだろうな。役人のうちにも、蔵破りの仲間はいるって聞いたぜ」

「馬鹿なことを言うな。武士がそのようなことをするわけがない」

十五郎の声が次第に大きくなった。

「だいたい、どうしておぬしは豊次などにそれほどこだわるのだ。商家の者だと

言っていたが、破落戸がひとり死んだからといって、しつこく村方まで探りに来る、その理由が判らない」

「豊次は友達だった。おれはあいつを助けたかった。理由はそれだけだ」

「それだけで村方まで来たのか。町人とは気楽なものだな」

「何！」

「お二人とも、その辺で、おやめください」

そこで、太郎兵衛が、二人の間に割って入った。

「なんや、よう判りませんけども」

苦々しい顔で、太郎兵衛は二人を等分に見た。

「殺しや蔵破りやて、あんまり物騒な話を、これ以上このあたりで大声でせんといてもらえますか」

「いや、しかし……」

「関内様。さきほどご自分で仰ったように、今はもう、長内村は紀伊守様の支配地やない。将軍様の御領分、天領です。代官所のお役人様も出入りしてはるんです。今、この村で揉め事が起きたら、御代官様にご迷惑をおかけすることになります。そのあたり、よう考えてお話しください」

先ほどまで穏和に十五郎に笑顔を向けていた太郎兵衛が、うってかわって厳しい物言いをした。

十五郎は武士で、しかもつい先日までは領主でもあった内藤家の家中でもあるのだが、太郎兵衛には遠慮がなかった。

甲次郎は驚いて太郎兵衛を見直した。

十五郎も、意表をつかれた様子で、唖然としていた。

「……まあ、せっかく、村にお見えになったんです。言い争いばかりしててもつまりませんやろ。今晩は、関内様も、うちの方にいらしてください。美弥も久しぶりに帰ってきてますさかい、ぜひご一緒にお酒でも」

言葉を継げずにいる二人を尻目に、太郎兵衛は穏やかに付け足して、さっさときびすを返し、村の方に歩き出した。

来ないのではないかと甲次郎は思っていたのだが、夕刻、十五郎は律儀に庄屋の家に姿を見せた。

「先ほど煙硝蔵を見廻りに参ったら、ご老体にお会いしてな。夕食をと招かれたので」

突然の訪問に目を丸くしたのは美弥で、父親からは何も聞いていなかったとみえ、ただただ狼狽えて、茶を運ぶ手まで震えている有様だ。

十五郎は、美弥には特に声をかけず、案内されるまま堂々と座敷の床柱の前に腰を下ろし、太郎兵衛や倅の太助にも親しく言葉をかけている。

太郎兵衛のほうも、先ほどの見幕とはうってかわって丁重な態度で、これはようこそ、ともてなした。

十五郎が来ているというので、やがて、村の惣年寄をつとめる庄左衛門という男や、近くの有力な百姓たちも挨拶にやってきて、その夜は宴になった。

美弥と千佐は、お富を手伝って酒や肴を運ぶのに忙しく動き回り、甲次郎はといえば、客のひとりとして座敷に呼ばれた。

甲次郎の前でも、十五郎は終始和やかな様子を崩さなかった。

「十五郎様も、もうこの村とはお別れですなあ」

「お名残惜しい」

村の者たちの言葉にも十五郎はにこにことして、

「いやいや、こちらこそ世話になった。みな、息災でいてください」

如才なく声をかけた。

煙硝蔵破りの噂について話題にのぼったときには、さすがに一瞬とまどい、向かいに座る甲次郎を気にする様子を見せたが、顔ではすぐに笑ってみせ、言った。

「まあ、あの蔵も、殿様が御城代でなくなった今となっては、私には関係ない。蔵破りが事実だとしても、次の御城代が始末をなさいます」

言われてみればその通りだ、と甲次郎は思った。

内藤家は大坂を離れ、もう煙硝蔵とは関わりがなくなる。蔵破りが事実だったとしても、少なくとも、今は噂でしかなく、この先表沙汰になることがあったとしても、責めを負うのは、そのときの城代や城番ということになる。

大坂城代の職を追われた紀伊守は、酒井家にいい感情を抱いてはいないというから、酒井讃岐守が城代在任中に問題が起これば、それはそれでいい気味だといったところが本音なのかもしれなかった。

御役替えが決まってしまった城代の家中にとって、すぐに離れる地がどうなろうと知ったことではないのだ。

それを武士の身勝手と思うこともできたが、村の者たちとのやりとりを見ているうちに、甲次郎は、武士である十五郎に同情の気持ちを抱いた。

「まあ、確かに、後のことは、後の方に任せてしまうのがいちばんですわ」

笑いながらうなずいた太郎兵衛はもちろんのこと、村の者たちもみな、十五郎を親しくもてなしながらも、すでに内藤家とは縁が切れたとどこかで割り切っているのが見える。

酔っぱらってくると、さらに遠慮もなくなって、次は天領ですから年貢も安うなりますわ、これを待ってましたんや、などと言う者もいた。

昨日まで領主として支配していた村も、領地替えになればもう縁のない場所になり、村の者にも、それをつきつけられるのが武士というものなのだ。

「新しい御代官様には、村方の取り締まりも、もっと厳しくお願いせんとあきませんな。町方のお役人とも、今後はしっかりと協力してあたっていただかねば」

太郎兵衛は重々しく言いながら、杯を干した。

「本当に蔵破りがあったとしたら、盗賊は、どうせ市中から流れてきたに違いありません。二度とこないな物騒な噂に村が振り回されるのは御免ですし、ちゃんと取り締まってもらわんと」

前の領主は頼りにならなかった、ともとれる言葉にも、十五郎は黙り込んでいた。

「そういえば」

村の惣年寄役をつとめているという小太りの男が言った。

「蔵の近くで怪しい人影を見たて話を、前に庄屋さん、してはりましたな。あれは、結局、お役人には知らせせんかったんか？」

「……知らせるほどのことでもないと思いましてな。まあ、蔵のことは私らが口を出すことでもないかと」

太郎兵衛は曖昧に言葉を濁した。

それよりも、と十五郎に目を向けると、内藤家の国元の話などを聞かせてくれ、と半ば強引に話を変えた。

「もう、関内様とこうしてお話しすることも、ありませんやろし」

せっかくだからと、お富や美弥も、太郎兵衛は座に呼んだ。

十五郎は、背丈を越えるほども雪が積もるという国元の話をおもしろおかしく話し、みなを楽しませた。

やがて、夜が更けた。

十五郎は、岡町の宿に家中の者が泊まっているので、そちらまで戻らねばならぬから、と帰っていった。

太郎兵衛も、酒を飲み過ぎたとのことで、その後、早々に部屋に引き上げた。

村の者たちも、一人ずつ家に戻っていき、宴はお開きとなった。

女たちは忙しく後かたづけを始めたが、甲次郎は座敷にいても邪魔だろうと、ひとりで先に客間に引き上げた。

昨日から千佐は美弥と一緒に子供たちの部屋で眠り、新太は奉公人部屋に居場所を与えられていた。

甲次郎がひとり、客間を借りているのだが、広々としたその部屋で、すぐに眠る気にもなれず、しばらくぼんやりと縁から夜空など眺めた。

第四章　哀しみの宿

一

翌朝、甲次郎の目を覚まさせたのは、悲鳴だった。

絹を裂く悲鳴をあげたのはお富だった。浴衣のままで駆けつけた甲次郎は、縁側で腰を抜かしているお富を見つけた。

お富は震えながら庭を指さしていた。

濡れ縁から見渡せる広い庭には小さな池があり、その向こうには、枝振りの見事な二本の松がある。

左側の松の根元に、太郎兵衛が倒れていた。

その背に、血の痕《あと》が広がっているのを見て、甲次郎は裸足《はだし》のままで庭に飛び出し、駆け寄って抱き起こした。

すでに太郎兵衛の体は冷たかった。

信じがたい気持ちで亡骸《なきがら》を見おろしていると、家中の者がすぐに集まってきた。

太郎兵衛は、背を一突きにされて、それが致命傷となったようだった。

豊次と同じだった。

美弥が、父の亡骸にすがって泣き出した。

太助とお富の夫婦は呆然《ぼうぜん》として、このような酷《むご》いことの起きる心当たりはまったくないと言った。

太郎兵衛を部屋のなかに運び込んだ後も、まだ誰もが事態を把握しかねていた。

太郎兵衛は、身内にはもちろん、村の者にも慕われていた。人の恨みを買ったことなどなかったのだ、と太助がつぶやき、お富や奉公人たちも、それにうなずいた。

太郎兵衛には、朝目を覚ましたあと家のまわりを散歩する習慣があり、そのときに襲われたようだった。

物取りとでも鉢合わせしたのでは、と千佐が思いついたように言ったが、太助が否定した。

「この村でそないな話、聞いたことあらへん。町方とは違います」

町であれば、見知らぬ者も出入りする。なかには質《たち》の悪い者もいる。だが、村ではありえないと言った。見慣れぬ者がうろうろしているだけで目立つ。

「ちょっと待てよ」

甲次郎は、太助や集まってきた近所の者の目が自分に向けられていることに気づき、慌てた。

「冗談じゃねえ。おれはお富さんの悲鳴を聞いて、ここに駆けつけたんだ。だいたい、なんでおれが、会ったばかりの美弥の親父さんを殺さなきゃならねえ。理由がないだろう」

「……その通りです」

消えそうな声で美弥が甲次郎をかばった。

「若旦那さんは、うちが頼んでついてきてもろたんです。千佐ちゃんもです。失礼なこと、言わんといてください」

父親を亡くして泣き崩れている娘に言われては、村の者もそれ以上は口にできなくなったが、それでも心のどこかでは疑いを消しきれていないのが伝わってくる。

困ったことになった、と甲次郎は舌打ちした。

犯人扱いされているとなれば、太郎兵衛の死を悼《いた》む余裕すらなくなり、焦りも覚えた。村には甲次郎の味方をしてくれる者はいないだろうし、まずいことになるかもしれない。

しかし、さほど時を置かずして、どうやら下手人は他にいるらしい、ということになった。

庭に人影を見た、と証言したものがいたのだ。

鈴屋の新太だった。

新太は奉公人部屋に寝床を用意されていたのだが、夜中に用を足したくなり、部屋を出た。しかし、慣れない家でうろうろしていて、つい勝手口の戸を開けてしまった。

そのときに、中庭に人影を見たというのだ。

人影は太郎兵衛が倒れていた松の木の脇に、ひっそりと立っていた。

「若旦那さんとは違います。もっと歳をとったひとでした。白っぽい髪で、家の人とは違うみたいやし、もしかしたら泥棒と違うかと思たら、怖くて」

いい歳をして恥ずかしいのだが自分は怖がりなのだ、と新太は真っ赤になりながら言った。

怯《おび》えきった新太は、戸を閉めて部屋に帰って布団にくるまり、震えながら朝を待った。朝日が差す頃になってようやく眠ることができ、寝過ごしてしまったため、あたりの騒ぎにも気づかず、起き出すのが遅れた。

「すんません、あのときに、すぐに家のひとを起こしてたらよかった……」

そうすれば、こんなことにはならなかったかもしれない、と新太は消えそうな声で言った。

「夜が明ける前から、家のまわりをうろうろしていた奴がいたってことだ。太郎兵衛さんは、運悪く、そいつと鉢合わせしてしまったのかもしれねえ」

と甲次郎は言った。

太助とお富は、泣きながらも、村のあちこちに下男を使いに走らせた。まずは医者を呼び、亡骸をきちんと改めてもらわねばならないし、坊主を呼んで弔いの準備にもかからなければならない。

本来ならば、役人を呼ぶのがいちばん先であるはずなのだが、長内村は領主が替わったばかりで、新しく村を支配することになった代官所の役人は、まだ村に一度もやってきたことがないという有様だ。

しかも、村を取りしきる役目にある庄屋が殺されてしまったとなっては、どうにも段取りが悪くなる。

あわただしく過ごすうち、美弥は目眩《めまい》を起こして倒れてしまい、千佐はその面倒を見ることになった。

甲次郎は、村の者たちと手分けして、新太が人影を見たと言った中庭のあたりをくまなく調べた。

下手人が残していったものでもあれば、手がかりになる。

しかし、何も見つからなかった。

村では、新太の証言に基づいて、髪の白い年寄を中心に、昨夜庄屋の家に近づいた者がいなかったか聞き込みが始まったが、みな、事件とは関わりはないと首を振った。

岡町に泊まっていた十五郎が村にかけつけてきたのは、夕刻のことだった。

特に使いを走らせたわけではないが、こういった噂はすぐに伝わるもので、十五郎は、駆けつけてすぐに、太郎兵衛の枕元で泣きじゃくる美弥に寄り添った。

肩を抱くようにして慰めの言葉をかける様子は、これまでのぎこちなさからは考えられぬほどに情のこもったものだった。

二人の間には確かに深いつながりがあったのだと、甲次郎は初めて納得した。

太助も二人に遠慮をし、甲次郎と千佐を促して、そっと部屋を出た。

可哀想に、と太助は廊下を歩きながらつぶやいた。

美弥と十五郎とのことは、自分はうすうす察していたのだと太助は言った。何度か村で一緒になったときの様子から、お富が気づいたのだという。

「こういう時に関内様が近くにいてくれたんは、美弥には救いやったかもしれまへん」

祝言を間近に控えて父親を失ってしまった美弥だが、思いを寄せる男が駆けつけてくれたのだ。

「美弥にはいちばんの慰めだろうな」

甲次郎もうなずいた。

やがて、美弥を部屋に残し、十五郎が、甲次郎や太助の待つ座敷に現れた。

「まさか、太郎兵衛がこんなことになるとは」

力が抜けたように座り込みながら、十五郎は太助に言った。

「下手人の心当たりは」

「まったくございません」

「そうだろうな。太郎兵衛は恨みを買うような男ではなかった。しかし、物取りだという話も信じられぬ。この静かな村でそのようなことがあるとは」

「恨みや物取りのほかにも、殺される理由はあるだろう」

甲次郎が言うと、太助と十五郎が視線を向けた。

「何か思い当たることがあるのか、おぬしには」

「さあな。だが、おれは人殺しの手がかりを捜しにこの村に来たんだ。静かな村だとは思っちゃいねえ。蔵破りだなんだって物騒な噂も広がってるし、そもそも、盗賊の一味が出入りしてるだの、怪しい人影を蔵の近くで見ただのと、太郎兵衛自身も言ってたじゃねえか」

「そら、確かに親父は、ここらも物騒になった、蔵にはあまり近づかん方がええて言うてました。けど、なら、親父が殺されたことと、あの蔵破りの噂とは、関係があると……」

信じたくないといった面持ちで、太助が言った。

「今まで村方でこんな事件が起きたことはねえんだろう。なのに、蔵破りなんて噂が広まってるこの時期に限って起きた。おれは、関係があるんじゃねえかと思う」

甲次郎は強く言った。

しかしそんな、と太助はなおも声を詰まらせた。

「……煙硝蔵なんか、村方には何も関係ないお上のもんやのに、そんなもんのために、静かな村が乱されるやて……」

「蔵破りか……」

十五郎が小さくつぶやいた。そのまま何か考え込むようにしていたが、やがて、自分はいったん岡町の仲間のもとに引き上げると言った。

「また様子を見に来る。何かあったら、力になるから言ってくれ。といっても、もうこの村は内藤家の所領でもないゆえ、出過ぎた真似と言われぬ程度にしか動けぬが」

「ありがとうございます」

どうぞよろしゅうに、と太助は深々と礼をした。

見送りはいい、と十五郎は座敷を出て行った。

甲次郎は、一度はそんな十五郎の背を黙って見送ったが、思い直して、太助には何も言わず、その背を追いかけた。

「待てよ」

門を出たあたりで追いつき、あたりに人のいないのを確かめて、甲次郎は十五郎を呼び止めた。

外は、今にも雨が降り出しそうな天気だった。厚い雲が垂れこめている。

「聞きたいことがある」

なんだ、と十五郎は甲次郎に向き直った。

甲次郎が追ってくるのを予想していたようでもあった。

「蔵破りの噂のことだがな」

「……」

「実はおれは村に来る途中、蔵破りには蔵の見張りの役人が関わってたという話を聞いたんだ。それが本当だとしたら、昨日、おれが煙硝蔵の前で会った二人のことがどうにも気になる。あの二人はおれが蔵破りについて訊ねたらひどく狼狽《うろた》えていた。おまけに、火事で死んだ熊七のことも知っていた。……あの二人、昨夜どこにいた。まさか、村の近くをうろうろしてたんじゃねえだろうな」

「何が言いたい」

十五郎は眉をひそめた。

「おぬし、まさかお二人に妙な疑いをかけているのではなかろうな」

甲次郎は引かなかった。

「太助も言っていたように、太郎兵衛は蔵破りの一味らしい人影を見たことがあるようだった。それが理由で殺されたってことも考えられる。顔を見られた蔵破りの一味が、太郎兵衛を始末したわけだ。しかも、太郎兵衛の死に方は、豊次と同じだ。同じ一味のやったことかもしれねえ」

「武士ならば、刀を持ち歩いている。年寄一人刺すくらい簡単だろう」

二人とも、背中を刃物で一突きにされていた。

「馬鹿なことを言うな。おぬしの言う通りだとしたら、豊次とやらを殺したのも浅之進殿だということになるぞ。あの人はこの半月ほどは市中に近づいていない。小三郎殿もだ」

「なら、豊次のことは置いといてもかまわねえ。太郎兵衛殺しのことだけ考えてみろ。どうなんだ。あの二人は、蔵破りと関わっていて、それがばれそうになって太郎兵衛を殺した──そうじゃねえと言い切れるか」

「……」

沈黙の後、十五郎は苦い顔で口を開いた。

「いや。太郎兵衛殺しと浅之進殿とは関係にない。浅之進殿は人を傷つけられるような男ではない。浅之進殿は、人殺しなどはとても出来ぬ、本当は気の小さなお人だ」

「蔵破りならできるってことか」

「……」

再び十五郎が沈黙した。

甲次郎は苛《いら》立った。

「ごまかすなよ。判ってるだろう。殺されたのは太郎兵衛だ。美弥の親父さんだぞ。美弥の悲しみは、あんたにも判るだろう」

「……」

「十五郎」

さらに問いつめようとしたとき、十五郎はしぶしぶと口を開いた。

「……魔が差すということもあろう。浅之進殿はまだ若い。悪い連中に声をかけられれば、騙されることもある」

「やっぱり関わっているんだな」

かすかにうなずいた十五郎の顔は苦渋に満ちていた。

「だが、蔵破りと殺しでは、話は別だ」

太郎兵衛殺しの下手人は別にいるはずだ、と十五郎は主張した。

「たとえ別だったとしてもだ。下手人が蔵破り一味だって可能性は捨て切れねえ。……その一味の居場所を、浅之進なら知ってるんじゃねえのか」

「知らぬ。知らぬはずだ」

「そんなはずがあるか。手を組んで蔵破りをやったんだろう」

浅之進殿はな、と、十五郎は苦い顔のまま言った。

「私が太郎兵衛に頼まれて長助や熊七といった破落戸《ごろつき》連中の罪のとりなしをしてやった時に、同じようにあの者たちと知り合ったのだ。そして、その後、奴らの口車に乗せられて、何度か、蔵の鍵を開けてしまった。蔵から煙硝を持ち出せば、長助や熊七がそれを運び、市中の盗賊の一味がしかるべき筋に売り捌く。それで大金が手に入ると言われ、目がくらんだのだ。だが、浅之進殿は、長助や熊七と話をしただけで、奴らが誰に煙硝を運んでいたのかは判らない。市中に一味の親玉がいたということしか、知らないのだ」

「なんだ、それは。つまりいいように使われただけ、ということか」

「海千山千の盗賊一味が、世間知らずの浅之進殿を騙し、まんまと煙硝だけせしめたのだ。私はその後始末に手を焼いている。浅之進殿と直接関わりのあった豊次や長助や熊七は死んでしまった。その先に誰がいたのか、手がかりがつかめず、煙硝を取り戻すこともできない」

長助や豊次の死は、十五郎にとって困ることだった。だから、十五郎は熊七の店の火事を気にかけ、手がかりを集めようとしていたのだ。

そうだったのか、と甲次郎はうなずいた。

それから、甲次郎は、ふと思いついて言った。

「あんた、豊次たちが女がらみで仲間割れしたって言ってたな。あれは本当なのか」

豊次は女をめぐっての諍《いさか》いで長助と熊七を殺したと十五郎は言ったが、その結果、市中の一味とやらは十五郎の追及の手を逃れたことになるのだ。

「連中が女で争っていたのは本当だ」

十五郎は言ったが、甲次郎は気になった。その争い自体も仕組まれたものだったとも考えられる。女がらみの火種を与えて、煙硝の運び屋たちを自滅させ、自分たちだけ安全なところに逃げた。だとしたら、豊次の本当の仇はその連中だということになる。

「それにしたって、役人がまんまと利用されたってのは間抜けだな」

仮にも公儀の蔵であれば、簡単に破れるものではなかっただろう。だからこそ役人を巻き込む必要があり、それに乗せられた者がいたから、事件が起きたのだ。

「こちらも困っているのだ」

と十五郎は言った。

「村方にこれだけ噂が広がってしまえば、次の城代の耳にも入る。そうすれば、酒井家では、引き継ぎを受ける前に中身を確かめなければ、と考えるだろう。蔵の中身が減ったのを自分たちのせいにされてはたまらぬからな。もしも引き継ぎの際にすでに中身が足りないということが判ったら、遠慮なく幕府に申し出るだろう。こちらとしては、煙硝を取り戻して蔵を元通りにしてからでないと引き継ぎができない」

「なるほど。引き継ぎが遅れているのには、そういう事情もあったわけだ」

役職をとられた恨みでの嫌がらせだと町では勝手に噂をしているが、実態はそうではなく、もっとせっぱ詰まった理由が、内藤家にはあったのだ。

「……これほどに急な御役替えがなければ、なんとかなったのだ」

十五郎は悔しげに言った。

「国元の商人に無理を言って煙硝の穴埋めをさせることもできた。それでなんとかごまかせたものを……」

「ごまかせりゃそれでいいってのか」

あきれ果てた、と甲次郎は十五郎を見た。

十五郎は何も言わない。

甲次郎は足下の小石を蹴《け》りつけた。

「いずれにしろ、これ以上、村方に長々いたってしょうがねえらしい。本当の悪党は市中にいるようだ。となれば、こっちも市中に戻って、町方役人にでも話をするさ」

「町方役人？　おい、待て」

十五郎が狼狽えた。

「町方役人に話すのは困る。蔵破りのことが公になってしまう。浅之進殿は、藩のうちでも内々に処分されることが決まっているのだ。表沙汰になるのは……」

「盗人のくせに図々しいことを言うんじゃねえ」

甲次郎は怒鳴るように言った。

「煙硝だぞ。ほかのものじゃねえ。それを、役人自らが盗み出して盗賊に売った。それで何が起こるか考えなかったのか。どれほど危ないものを世の中にばらまいたか。おれの知ってるだけでも、二つの店が燃えてるんだぞ。そして、何人もが死んだ。それを、引き継ぎだけごまかせりゃそれでいいってな言いぐさで片づける気か」

「……」

「おれは、武士だからって罪を逃れようとする奴は許せねえ。奉行所にいるおれの幼なじみもそういうだろう。奴らに言っとけ。覚悟しとけってな」

吐き捨てて、甲次郎はきびすを返した。

豊次を逃がそうとしたことも忘れてえらそうなことを言っているとは思ったが、怒りはおさまらなかった。

二

予定通りに明日には市中に帰る、と甲次郎が切り出すと、太助は少しばかり嫌な顔をした。

まだ心の中では甲次郎への疑いを消してはいないようで、できれば代官所の役人が到着するまで待ってもらいたいのだが、と言った。

だが、実際には、領地替えを済ませたばかりの役人は忙しく、村で変事が起きたからといって、すぐには姿を見せようとしない。

役人を待ってここにじっとしているよりは、市中に帰って、そちらで町方の役人にも事件を告げた方が、下手人は早く捕まるはずだと甲次郎は言った。

美弥が甲次郎の言い分にうなずき、気にせずに帰ってくれと言った。

「確かに、お父ちゃんは、市中から悪党の一味が村に入り込んできてるって言ってました。若旦那さんは町奉行所にお友達がいる、て聞いてます。どうぞ、お力添えをお願いします。それに、もともと三日で帰るて言うてたんやし、長くなったら若狭屋さんが心配しはります。うちは、しばらくは村に留まるつもりやから一緒には帰れませんし」

できれば自分も店に帰りたい、とおそるおそる言ったのは鈴屋の新太だった。こちらも、店を空けるのは三日と予定して出てきたので、それ以上は村に留まりたくないらしい。

「判りました。鈴屋さんにもよろしゅうにお伝えしてな」

美弥としても、鈴屋の職人を長々と引きとめておくのは気が引けるし、新太から鈴屋の喜八に、太郎兵衛の死を伝えてもらえればありがたい。

「鈴屋の旦那さんは、父の友達でしたから」

哀しい知らせだが、早く伝えた方がよいだろう。

千佐は帰りたくないと言った。

朝から取り乱していた美弥は、十五郎の顔を見て少しは落ち着いた様子だが、それでもまだ、足下さえふらつく有様だ。夕方には医者を呼んだのだが、具合はあまりよくならない。千佐はしばらく美弥の傍についていてやりたいと言った。

「だが、ここに一人で残るわけにいかねえだろう」

友達を思う千佐の気持ちは判るが、甲次郎としては一刻も早く市中に帰り、太郎兵衛殺しや浅之進のことなどを祥吾に伝えたいのだ。

千佐は、なおもしばらくためらっていたが、結局はうなずいた。

甲次郎に逗留をのばす気がない以上、千佐としては、一緒に帰るしかない。

その日の夜、千佐は美弥と二人、何やら夜遅くまで話し込んでいたようだったが、それで少しは気持ちが落ち着いたのか、翌朝には、どことなくすっきりとした顔をしていた。

次の日の朝、千佐は見送りに出てきた美弥に、市中に戻ってきたらすぐに知らせてくれ、と何度も繰り返しながら、

「うちに出来ることは何でも力になるから」

と美弥の手をとった。

昨晩は急に冷え込んだようで、あたりには霜が降りていた。

お富が、道中で食べてくれ、と握り飯を渡してくれた。

何も判らぬ美弥の幼い姪たちが、また来てくれと無邪気に手を振っている。

千佐は何度も振り返りながら、美弥の家を後にした。

来たときとはまるで違う、どことなく冷ややかな百姓たちの視線に晒《さら》されながら、甲次郎たちは村を横切り、街道に出た。

その先は、特に話をすることもなく歩いた。

甲次郎の頭のなかは、太郎兵衛殺しや煙硝蔵破りのことでいっぱいであったし、千佐もそれを察しているようで、話しかけてはこなかった。

甲次郎の一歩後を千佐が歩き、鈴屋の新太は、そんな二人に気を遣って、数歩遅れてついてくる。

空も曇り、気温も上がらず、風が冷たい。

行きとはうってかわって愛想のない道中になった。

雨雲が濃くなり始めたのは、昼前のことだった。

甲次郎は考え事に夢中で、空模様に気が向かぬまま歩いていたのだが、降りそうですなあと、すれ違う遊山《ゆさん》客が大声で話しているのが聞こえ、空を見上げた。

確かにすぐにでも降り出しそうな空だった。

大坂を出たときから笠は持っていたから、さほど慌てることはなかったが、間もなく雨粒が落ち始め、さらに冷えこみ始めたのが気になった。

千佐は寒さに体を縮ませて、杖を持つ手も白かった。

「おい、大丈夫か」

と甲次郎が声をかけると、

「体だけは丈夫やから」

と千佐は笑いながら強がりを言った。が、そうはいっても、冬の近い季節に雨の中の道中は厳しい。

早足で歩き、なんとか昼過ぎには三国の渡しにたどりついた。

甲次郎は、そこでしばらく雨の止むのを待つつもりだったのだが、あたたかい茶でもと立ち寄った茶店で、市中に戻るのなら急いだほうがいいと言われた。

「神崎川はまだましですけども、十三《じゅうそう》は、そろそろ危ないんと違いまっか。かなり水が増してるそうで」

昨夜から上流で雨が降り、水位が上がり始めている。川が危なくなれば、渡し守は船を出すのを止める。そうなれば、川が落ち着くまで、渡し場の旅籠《はたご》で待つしかないのだ。

急ぎましょう、と千佐が言った。

「早う市中に帰って、村方で起きたこと、丹羽様にお知らせせんと」

そのために戻るのだ、と美弥にも約束をしたのだ。祥吾ならば、きっと太郎兵衛殺しの下手人も探し出してくれるだろうと千佐は言った。

甲次郎はうなずきながら、

「祥吾も信頼されているもんだな」

なんとなくおもしろくない気もして肩をすくめた。千佐が微笑した。

「良かったと思てるんです」

「何がだ」

「甲次郎さんと丹羽様と、喧嘩してはるみたいやて、心配してたんやけど」

「なんだ、それは」

どこからそんな話を、と聞いてみれば、豊次の検死にきていた祥吾に甲次郎が声をかけなかったことまで、千佐は知っている。

祥吾が信乃に話したのを、信乃から聞いたのだと千佐は言った。

村へ出立する前の日、甲次郎の留守中に祥吾が若狭屋を訪れ、

「甲次郎は頑固者の上に情に流されやすくて困る」

信乃に愚痴をこぼしていた、とも言った。

「祥吾が来たなんて聞いてねえぞ」

祥吾は若狭屋には時折、見廻りの途中に立ち寄り、主人の宗兵衛と話などしているようだが、信乃とそんな話をしていたとは知らなかった。

「祥吾の野郎、女みたいにお喋りになってきやがったな」

もっとも、昔から堅物で、甲次郎と違って町娘に気軽に声をかけたりはしない祥吾が、以前から若狭屋の信乃にだけは親切で、まだ信乃が滅多に外に出られなかったころから、菓子の類を手みやげに持ってきたりもしていた。

親友の許婚《いいなずけ》だから気を遣っているのだろうと思っていたが、その許婚にこっちの悪口を吹き込むとはとんでもない。

「……丹羽様も、豊次さんて方のこと、残念やったて言うてはったそうです。も

っと早く、なんとかしたかったて」

「友達だったからな」

だからこそ祥吾とも揉《も》めたのだ。

揉めるよりも、力を合わせて豊次を死に追いやった連中を捕らえるのが先だったはずなのだが、あのときはお互いに、そこまで冷静に考えられなかった。やはり、突然の友の死に動揺していたのだ。

「急がねえとな」

雨の中を、甲次郎と千佐、それに新太は、できる限り早足で歩いた。

だが、三国から十三までの短い間に、雨はいっそうきつくなり、次第に歩みは遅くなった。

結局、冷え切った体で十三の町にたどり着いたときには、すでに渡し船は止められた後だった。

渡し場に行くまでもなく、十三の町場に入ったときから、道の両側に並んだ旅籠から客引きが顔を出し、川止めになったから宿を取った方がよいとしきりに声をかけてきた。

渡し場まで行ってから引き返してきたらしい客も、そこここで宿の品定めをしている。

「冗談じゃねえ」

甲次郎は舌打ちしたが、止められた川は、何を言っても渡ることはできない。

まだ夕方だが、雨雲のせいであたりはすっかり暗くなっており、今日のうちに渡し船が出ることはなさそうだった。

「ここで泊まるしかねえか」

十三の渡し場には旅籠が数多くある。泊まるところには不自由しないが、先を急ぐ身には、しきりと袖を引く客引きまでうっとうしい。宿などどこでも同じだと甲次郎は舌打ちした。

そのとき、甲次郎は行きがけに十三を通ったときのことを思い出した。

煙硝で火事になったと噂になっていた宿があった。確か、桝屋《ますや》といった。

せっかくならばあの桝屋に泊まり、宿の者に詳しい話を聞いてみるのもいい。

火事のあったときの事情など、何か判るかもしれない。

まだ早いが宿に入るというと、千佐は黙ってうなずいた。

行きがけに場所を確かめておいた桝屋は、町場の入り口近くにあった。

燃えた二階の修繕がまだ終わっていないせいか、客は少ないようだった。

暖簾をくぐると、さほど人の多い季節でもないから相部屋でなくても大丈夫だ、と番頭は言った。

若い女中に案内された部屋は広く、襖で間が仕切れるようになっていて、今はその襖も開けられている。

千佐が奥の部屋に入り、雨に濡れた荷物の始末などを始めた。

新太は手前の部屋の隅で、所在なげに座り込んでいる。

「先日、ここで火事があったそうだな」

女中は、お湯の支度はできていますからと言い置いて、さっさと立ち去ろうとしたが、甲次郎は引き留めた。

性急に過ぎるかとも思ったが、まずは、この話を済ませてしまわなければ、ここに宿を決めた意味がない。

へえ、そうですけど、と女中はとまどいがちにうなずいたあと、

「あれはお客さんの不始末で起きた火事やったんです。うちでは火の始末はきちんとしてます。安心してください」

「ああ、別に心配はしちゃいねえよ。あの火事も、災難みたいなもんだったな。

客が火鉢に物騒なものを投げ込んだんだろう。すごい音がしたんだってな」

「そうです。本当に恐ろしかった」

女中は、上げかけていた腰を下ろし、甲次郎にうなずいた。

火事の話など嫌がられるかと思っていたが、そうでもないらしい。

行きがけに通ったとき、隣の宿の女中は、噂話ばかりでうんざりだと言った。隣の宿でそうならば、桝屋はその何倍も噂好きの話相手をさせられているはずで、逆に、開き直っている様子だった。

甲次郎は奥の部屋でこちらを見ている千佐に目配せした。

よく気のつく千佐のことだから、女中に心付けを渡す用意をしているはずで、それに少し上乗せしてやれという意味だ。

すんませんなあ、と女中が懐に心付けをしまうのを見届け、それで、と甲次郎は言葉を継いだ。

「その客は、なんでそんな馬鹿なことをしたんだ。自分で悪戯して、自分が死んじまったんじゃ割に合わねえだろう」

「自分でやったわけと違います。亡くなった方と悪さをした方は、別の御方です。誰も自分でそないな阿呆なことしません」

「そりゃそうだが……そうなると、どうにも質《たち》の悪い話だな」

「そうです。わざと、他のひとが使う火鉢に煙硝を仕込んで、自分はさっさと逃げてしまった悪い客がいてたんです」

「付け火みたいなもんだな。役人も、いろいろ調べたんだろうな」

「それが……調べてくれたらよかったんやけど」

女中は言葉を濁した。

「何だ、役人は来なかったのか」

「来はったことは来はったんです。けど、ちゃんとした取り調べはほとんどなくて……あの噂のせいです」

例の蔵破りの噂が、火事の直後から町に流れ始めたのだ。

「そしたら、お役人様、とたんに腰が引けてしもて」

女中は悔しげに言った。

火事が煙硝のせいらしい、というだけでもややこしいのに、その煙硝が公儀の蔵から盗まれたものだとなれば、町役人の手には負えない大事件となる。

そのような大事に関わるよりは、なかったことにしてしまおうと町役人は考えたのだ。

「町の人たちも、同じでした」

大きな騒ぎになれば、役人の出入りが多くなる。泊まりの客の前で取り調べなどされては客が怖がるし、商いに差し支える。

「どうせ死んだのは女中と旅の人やから……て」

ありそうな話だと甲次郎はうなずいた。

大坂の市中でも、そういった話はしばしば耳にする。

何か事件が起こっても、面倒な取り調べの末に犯人を捕まえることよりも、商人たちは次の日からの商いを滞りなく続けることを選ぶ。いつまでも事件の影を引きずっていては商売に差し支えると、すぐに忘れようとするのだ。

そんな町の者の態度に、正義感の強い祥吾は、だから悪質な事件がなくならないのだと、しばしば怒りをあらわにしていた。

今度の場合も、

(死んだのが客と女中ではな)

旅籠の主人でも焼け死んだのなら、町の者としてもなおざりにはできなかったろうが、所詮は、見知らぬ旅の者と、いくらでも替えのきく女中だった。

「うちらのことなんか、お役人様にはどうでもええこと。宿の人らかてそうです。死んでしもた女中は、お蓮ちゃんていうて、働き者のええ子やったのに、火事の後、医者もろくに呼んでもらえんと、死んでしもたんです」

少しばかり恨みがましい口調になった。

そうらしいな、と甲次郎は行き道に聞いた話も思い出しながらうなずいた。

宿の対応はよほどひどかったようだ。

「可哀想だったな、その女中も」

はい、と若い女中は涙ぐんだ。

「お蓮ちゃん、まだ十九やったのに。……そやけど、最後に惚《ほ》れたお方に看取ってもらえたことだけが救いでした。市中に住んでた大工さんでしたけど、火事を知って、駆けつけてくれて」

「……大工だと」

もしや、と甲次郎は身を乗り出した。

「その大工ってのは、手に火傷のあとがある男じゃなかったか。豊次って名前だ」

「お客さん、豊次さんのお知り合いですか」

女中は目を丸くした。

昔なじみだ、と甲次郎が告げると、目を細めた。

「そうですか。……豊次さん、ええひとでした」

そうだろうな、と甲次郎はうなずき、つぶやいた。

「豊次の女が殺されたってのは、本当だったのか……」

十五郎の話は、嘘ではなかったのだ。

女中によれば、お蓮と豊次が出会ったのは、半年ほど前だということだった。

村方に出入りするようになった豊次が、その途中に、仲間と桝屋に泊まるようになったからだ。

村方へ行く理由を、豊次は、市中の大工の親方の故郷がそちらにあって、遣いを頼まれるのだ、などと言っていたらしい。

お蓮は、特に美人というわけではなかったが、愛嬌があって、客にも好かれていた。

豊次とは、いつから恋仲になったのか、まわりは知らなかった。

いつの間にか、お蓮は豊次の訪れを待つようになり、女中仲間にも、「お金が貯まったら二人で所帯を持つのだ」と話すようになった。

豊次は大きな仕事を請け負っていて、それが片づけばまとまったお金が手に入るのだ、と言っていたこともあったらしい。

「そやけど、お蓮ちゃんに岡惚れしてるお客がいて……」

「もしかして、長助って男か？」

　これも、十五郎が言っていたことだ。

「へえ、そうです」

　豊次には兄貴分にあたる男だったため、お蓮を譲れと何度も言われていたが、普段は気の優しい豊次が、それだけは絶対にうなずかなかった。

「そやから、あんなことになったんと違うかて、うちらは……」

　女中が言葉を途切れさせた。

「……つまり、煙硝を仕込んだのは、長助ってことか」

「それは、判りません。そうやないか、とうちらは思いましたし、宿の者が……」

　長助が火鉢を触っていたのを見た、と下男の一人が証言した。

　言われてみれば、確かに長助は仲間と一緒に火事の直前に宿に姿を見せていたが、いつも通りお蓮にちょっかいを出そうとして拒まれ、怒ってひとりで先に帰った。

豊次は、仲間と離れて一人残り、お蓮としばらく時を過ごしたあと、市中での一仕事が終わったらまた来ると言い置いて宿を発った。

「火事があったのは、そのすぐあと……お蓮ちゃんが他のお客さんに呼ばれて、夕方になって寒いからて、火鉢の火を起こしたときでした」

何がどのように仕掛けられていたのかは判らない。

宿の誰も、今までに経験したことのない事態で、何が起こったのかさえ判らなかった。

火事を知った豊次は、虫が知らせたのか、慌てて宿に戻ってきたが、そのときにはお蓮はひどい火傷を負い、取り返しのつかないことになっていた。

「可哀想やけど……」

顔も、お蓮とは判別できないほどに焼けただれていたと女中は言った。

豊次は、そんなお蓮の姿に、初めは、それがお蓮であるはずがない、と叫んだのだという。苦しむお蓮の、すぐ傍でのことだった。

恋仲だった者には認めたくない姿だった。だが、それでも間違いなく、それはお蓮だったのだ。

「酷《ひど》い話だな」

「でも、本当に、変わり果てた姿でしたから」

豊次は泣いてお蓮にすがり、そのあとは、お蓮が息を引き取るまで離れなかった。

そして、その後、宿の者から、長助が煙硝を仕込んだのではないかと聞いて、怒りで顔を真っ赤にしたらしい。

仇をとる、とも言った。

「長助と豊次は、いつも二人だけで来てたのか？　ほかに仲間はいなかったか。たとえば、熊七とか……」

「熊七さんは、来てはりました」

お蓮が死んだ夜も、長助と行動を共にしていた。

となれば、豊次が熊七をも恨んだのも理解できる、と甲次郎は思った。豊次は、熊七も共犯だと思ったのだろう。

だが本当に二人が犯人だったのかは、判らなかった。後から火鉢を破裂させるような煙硝の仕組み方というのも、甲次郎には判らない。

豊次に焼き殺された熊七が、逆恨みだ、と死ぬ間際に言ったことを、甲次郎は思いだしていた。

判った、と甲次郎はうなずいた。

それから、ふと思案をし、

「長助が煙硝を仕込んだのを見た者がいると言ったな。あとで、そいつと話をしたいんだが、部屋に呼んでもらえるか」

「安吉ですか。判りました」

もう行っていいぞ、と甲次郎は言ったが、すぐに思い出して、呼び止めた。

「豊次たちが、何か荷物を持ち込んだことはなかったか？」

浅之進らが煙硝蔵を開け、そこから盗み出したものを長助や豊次が運んでいたのだ。その途中でここを通ったのなら、女中は何か見ているかもしれない。

そういえば、と女中が首をかしげた。

「ときどき、桐の箱を持ってはったことがありました」

それだ、と甲次郎は思った。

煙硝は桐の箱に入れてしまってあるのだ、と美弥が話していた。桐箱ならば、開けてみるまでは、なかが煙硝とは判らない。

お食事の支度がありますので、と女中が遠慮がちに頭を下げた。

三

湯を使いながらも、甲次郎は豊次のことを考え続けた。

豊次が女をめぐって殺しをしたのは十五郎の言った通りで、どうやら本当らしい。

だが、お蓮殺しが誰かに仕組まれたものであった可能性は強いと思った。

お蓮をめぐる争いを利用し、豊次に二人を殺させ、最後に豊次を殺した。それによって、悪党の親玉は浅之進たち内藤家の者とのつながりを断つことができ、同時に、用済みの手下も始末できる。

哀れなのはお蓮だ。盗賊たちの駆け引きのなかで、駒のように使われ殺されたのだ。

許し難いのは、姿を見せない盗賊で、そいつらを捕まえないことには豊次の仇は討てまい。

(だが、本当に、一味は姿を見せていないのか？)

市中と長内村という離れた場所をつないでの盗みだ。熊七たちを手下のように使ったとはいえ、村方にまったく姿を見せないというのは、無理がある気がする。

（どこかで、何かを見落としているのではないか）

考え事をしているうちに、長風呂になってしまっていた。

汗を拭きながら甲次郎が部屋に戻ると、千佐はすでに湯をすませたようで、甲次郎の姿を見ると、女中に食事の支度を頼んできますと部屋を出て行った。

甲次郎がおやと思ったのは、先ほどまで間続きだった部屋の襖が閉められていることで、向こうの部屋にいたはずの新太の姿もない。

どうしたのかと思っていると、戻ってきた千佐の後ろから女中が膳を運んできて、言った。

「申し訳ありません。混んでまいりましたので、お部屋を半分空けて頂けないかとお願いしに参りましたら、お連れさまが、自分は夜遅くまで戻らないから、相部屋で構わないと仰いまして、空けて頂きました。お食事も外でされるとのことで」

「なんだ、そりゃあ」

甲次郎と千佐に気を遣ったのかと思ったが、すぐに、新太には新太の理由があるのだろうと気づいて笑った。

怖がりで子供のようなところもあったが、新太も男だ。普段は饅頭屋の若い奉公人として、厳しい暮らしに身を置いているのだろうから、こういう機会に少しくらい羽を伸ばしたくなっても当然だ。宿場町となれば、そういった店にはことかかない。

「しょうがねえな」

甲次郎は肩をすくめた。

女中が出て行き、二人きりになった部屋で、千佐がぎこちない手つきで甲次郎に酌をした。

新太がいなくなってしまえば、甲次郎は一晩、千佐とともに過ごすことになる。

妙な成り行きになったな、と千佐をちらりと見やれば、千佐のほうでも意識しているようで、あえて甲次郎を見ようとしない。

一つ屋根の下に暮らし、身内のように接してきた千佐だったが、二人きりで一晩過ごすなど、ありえないことだと思っていた。

「……火事で亡くなった女中さんのこと、他の女中さんにも少し聞きました」

千佐がぽつりと言った。

千佐も何か手がかりがつかめないかと思い、風呂場にいた女中をつかまえて、話をしてみたらしい。

「看取ってあげた甲次郎さんのお友達は、本当に優しい方やったんやて判りました。お蓮ていう方も、きっと極楽に行けたはずやて、女中さん、泣いてはりました」

「だが、そんな優しい奴が、人を殺した」

豊次に人殺しなどできるはずがないと思ったこともあったが、今は甲次郎にも判っていた。豊次は人を殺したのだ。

好きな女を殺されただけでなく、顔も判らぬほどの火傷を負わされ、豊次は人の心を忘れてしまったのだろう。

「お蓮の仇を討ちたいのならば、自らの手を汚さずとも、役人に訴えればよかったじゃねえか……」

豊次はそれをせず、我が身まで滅ぼしてしまった。

役人である祥吾の無念さが、あらためて思いやられた。

そのまま言葉が途切れ、黙ったまま食事を続けた。

なんとなく気になって千佐を見やれば、あまり食が進まぬ様子で、うつむいている。

二人きりと意識しているためか、それとも、千佐のほうは甲次郎と二人で夜を過ごすのが嫌なのか。

頬に赤みがさしているのも気になり、酔ったのか、とからかってみた。

千佐は軽く口をとがらせて、それほど飲んでいません、と言った。

それから、少し微笑した。

その笑顔が、甲次郎の胸に染みた。

千佐に拒まれるのではないか、と思っていたのだ。

いくらなんでも、無理強いしようとは思わない。

だが、千佐は笑顔を見せた。

やがて、女中が膳を下げにきて、床を延べた。

千佐が立ち上がり、荷物を片づけるなどして手伝いをしようとした。

その千佐の様子がおかしいと気づいたのは、そのときだった。

足下がふらついている。

そんなに酒に弱かったのか、と思ったのだが、部屋に戻ってきて頼りなげに座り込んだのを見て、もしやと思った。

「お前、熱でもあるんじゃねえのか」

近づいて額に手を当ててみると、確かに熱い。

雨の中を歩き通しだったからに違いなかった。

大丈夫だから、と千佐は首を振ったが、放ってはおけなかった。

手をたたいて女中を呼び、薬と火鉢を頼んだ。

すぐにお持ちします、と女中が去り、甲次郎は、先に床に入るように千佐に言った。

「いや」

「そうは言っても、お前、熱があがったりしたら」

「そやけど、いや」

千佐はかたくなに首を振った。

千佐の気持ちは判った。

二人で過ごす夜など、二度と来るはずはない――そういうことだ。

今夜だけは、と思っていた。それは、甲次郎も同じだった。

望み合っていたとしても、そんなことをしてどうなるのか、と思う気持ちもある。信乃のことも気にかかる。だが、愛《いと》しいと思う気持ちは止められそうになかった。

千佐、と名を呼んで、甲次郎は肩を抱き寄せた。

一瞬、身をかたくした千佐が、そのまま動かない。

泣いているのか、と思ったとき、襖の向こうから声がした。

「あの、火鉢をお持ちしました」

すまねえな、と甲次郎は応え、千佐が素早く身を離した。

甲次郎が襖を開けると、宿の下男が火鉢を抱えて入ってきた。

すんません、と言いながら、男が部屋のなかに入ってこようとしたとき、さきほどの女中が戻ってきた。

「お薬、持ってきましたけど」

部屋の入り口で声をかけながら、そこに男がいるのを見つけ、あれ、と言った。

「火鉢、正吉さんに頼んだのに、安吉さん、なんで……」

安吉と呼ばれた男がぎくりと身をすくめた。

「おい、お前……」

甲次郎が叫んだ。

安吉は部屋のなかに火鉢を転がすように放り込んだ。

千佐、と叫んで駆け寄ろうとした瞬間、火鉢から火柱があがった。

四

千佐の名を、甲次郎は叫んだ。

部屋に充満した煙とくすぶる炎のなかで駆け寄ると、千佐は倒れていた。

「千佐」

抱き起こすと、かすかな声で、甲次郎さんと応え、しがみついてきた。

大火傷を負って死んだ、という豊次の女の話が甲次郎の頭に浮かび、青ざめた。

千佐の袖に火がついているのに気づき、甲次郎は慌てて叩いて消した。

大丈夫、と千佐が声を出した。

火事や、との叫びが聞こえ始めた。

仕掛けられた煙硝は、火鉢ごと破裂して、破片を散らした。

一瞬の火柱は天井に達し、今も炎はくすぶっているが、熊七の店のときのような激しい燃え方ではない。

甲次郎は千佐を抱き上げた。

部屋の入り口で爆発したため、廊下へ出ることはできなかったが、隣の部屋との仕切りの襖を開け、そちらに逃げた。

隣の部屋にいた夫婦者も、仰天して、廊下に飛び出した。

裸足で庭に逃げ出し、千佐を抱いたままで甲次郎が後ろを振り向くと、まだ煙があがっていた。

外はまだ雨が続いており、炎が燃え広がるおそれはなさそうだが、甲次郎は念のために庭を伝って往来に出た。

思わぬことに、息が上がっていた。

やられた、と甲次郎は思った。

自分まで狙われるとは思っていなかった。

こんな真似をした相手に激しい怒りがこみ上げ、甲次郎は、千佐を抱いたままその場で立ちつくした。

千佐は、あまりのことに気を失ったのか、動かない。

いつのまにか、あたりは騒然とし、近くの旅籠から客や奉公人たちまで野次馬に出てきていたが、飛び交う声さえ、甲次郎の耳には入らなかった。

桝屋はどちらかといえば町はずれにあるため、町の中ほどから火消し人足が押っ取り刀で駆けてくるのが見える。

半鐘も鳴っているようだ。

「おい、おぬし——怪我をしたのか？」

ふいに、聞き覚えのある声とともに、肩を揺すられた。

振り返ると、驚いたことに、そこにいたのは十五郎だった。

笠をかぶり、旅姿になっている。十五郎は甲次郎の腕の中の千佐に気づき、言った。

「その娘——まさか、死んだのか？」

「そんなわけがあるか」

反射的に、甲次郎は怒鳴った。

千佐は、甲次郎に抱かれたままぐったりとしている。

こちらに来い、と十五郎は甲次郎の腕を引いた。

「定宿がある。何があったか知らんが娘さんの手当が先だろう」

信頼できるのか、甲次郎には判らなかった。

村に残るといった十五郎が、なぜここにいるのかも判らない。

「私が信頼できないか。話はあとでゆっくりしてやる。まず、娘さんを助けるのだ」

信じろ、と十五郎は言った。

「お前はともかく、その娘は美弥の友達だ。放ってはおけん」

「──判った。頼む」

今、この場を離れたら、煙硝を仕掛けた犯人は逃げるかもしれない。今ならば、きっと近くにいるはずの犯人を捕まえられると甲次郎は思った。

だが、それよりも何よりも、甲次郎には千佐のことが心配だった。

甲次郎は、十五郎の言われるままに、野次馬の流れに逆らって、千佐を抱いて走った。

十五郎が案内した旅籠は、桝屋からは四、五軒離れたところにあり、こぢんまりとした古い旅籠だった。

伊勢屋と看板がかかっていた。

泊まりの客や女中が往来に顔を出し、炎を上げる桝屋を見物していたが、その女中の一人が十五郎に気づき、

「これは関内様。いらっしゃいませ」

「部屋はあるか。あの火事で怪我をした連れがいるのだ」

「部屋ですか。今日は川止めのせいでいっぱいやけど……」

言いながら、女中は甲次郎と、その腕のなかにぐったりとした千佐を見て、表情を変えた。

「奥の部屋でよろしかったら、どうぞ。お医者も、すぐ呼びます」

千佐の手当は医者に任せて、とは思ったが、甲次郎は千佐をひとりにして部屋を出ることができなかった。

誰を信用していいのか判らない今、千佐から目を離すのが怖かった。

「ここの者は大丈夫だ」

十五郎はそう念を押したが、そう言う十五郎が信頼できるかどうかも、判らないのだ。

途中で目を覚ました千佐が、大丈夫だと甲次郎に言ったが、それでも心配だった。

気持ちは判るがな、と言って、十五郎は困惑した顔になった。宿の者を呼んでついたてを持ってこさせ、部屋を二つに仕切り、ここならばいいだろうと甲次郎に言った。

手当をしているところは見えないが、そこに千佐がいるのは感じ取れる。

黙ったままで時間が過ぎた。

やがて、医者が甲次郎のところにやってきて、廊下に出るように言った。

部屋の外で千佐の傷について説明を受け、甲次郎はやりきれない思いでため息をついた。

さほど大きな傷ではない。だが、腕に火傷を負っており、痕《あと》が残るかもしれない。嫁入り前の娘にとって、それがどれほど惨《むご》いことか甲次郎にも判った。

部屋に戻って、千佐の傍に腰を下ろすと、千佐は心配しないようにと微笑した。

「もう大丈夫やから」

「すまなかった」

謝っても、甲次郎の胸の呵責《かしやく》は消えなかった。

「ずっと傍にいてやるから」

安心しろと言うと、千佐は目を閉じた。

やがて、小さな寝息が聞こえてきた。

千佐が眠りについたのを確かめたあと、甲次郎は隣の部屋に移った。

十五郎が待っていた。

「……で、お前さん、なんでここにいるんだ」

あらためて、自分の取り乱しぶりが恥ずかしくもなり、甲次郎はぞんざいに訊ねた。

「村方に残るって言ったんじゃなかったのか」

「そのつもりだったが、事情が変わったのだ」

実は、と声をひそめるようにして、

「大槻《おおつき》浅之進殿が、姿を消した」

煙硝蔵破りの手伝いをした若い武士だ。

「おぬしも言っていたが、市中ですらすでに煙硝蔵破りは噂になっている。鉄砲奉行の配下も町方も、かぎつけたかもしれぬ。むろん、支配違いであれば、町方が何かできるというものでもないが、しかし、関わった者がおおっぴらに市中に出て行くのはまずい。そう思い、浅之進殿にはしばし村方に身を隠すようにと言い聞かせていた」

だが、浅之進は黙ってはいなかったのだ、と十五郎は苦い顔になった。

浅之進自身はまだ大した地位も持っていないのだが、家は名家であり、先祖をたどれば藩主の親戚筋にもあたる家柄だった。おまけに、父親は家老職にある。藩のなかでも中堅どころの家柄でしかない十五郎とは格が違う。

浅之進にしてみれば、十五郎の言うことを聞いておとなしくしているなど耐えられなかったのだ。

「市中に赴き、殿様自らにお話し申し上げる、と言って姿を消してしまったのだ」

「ちょっと待てよ」

甲次郎は、辺りに気を遣いながら、声を潜《ひそ》めて言った。

「太郎兵衛を殺したのは、やっぱりそいつなんじゃないのか。それがばれるのを恐れて村方から逃げ出したんじゃ……」

「浅之進殿は、太郎兵衛が死んだ朝には、岡町の宿で芸者と夜っぴて遊んだあとで、疲れて眠っておられた。宿の者も大勢見ている」

村方で謹慎といいながら、浅之進は大人しく身を慎むことなどせず、少し離れた町場の宿で、毎夜女を呼んで遊びふけっていた。そのため、幸いにして殺しの疑いは晴れた。

「おぬしに言われて気になったため確かめたのだ」

と十五郎は言った。

家中の者に甘いだけの男ではないのだな、と甲次郎はうなずいた。太郎兵衛の死を知った後、村からさっさと帰ったのも、浅之進とともに宿にいた森下小三郎を問いつめるつもりだったからだ、と十五郎はつけたした。

小三郎のほうは、今も岡町に留まっている。

「あの男は、浅之進殿の言いなりになっているだけの腰巾着だからな」

名家の倅にへつらっておけば、後々引き立ててもらえるとでも考えている輩《やから》だ。今回のことでも、浅之進が勝手に出て行ってしまったと拗《す》ねていただけだった。

「太郎兵衛殺しのことも気になるゆえ村方に留まりたいとも思ったのだが、浅之進殿の見張りも私の役目なのだ」

だから追ってきたのだ、と十五郎は言った。

「あの方を今市中に行かせるわけにはいかないのだ。行先は間違いなく、殿のおられる下屋敷だ」

藩主はとにかく浅之進に甘いのだ、と十五郎は言った。

浅之進の父でもある家老は、藩主が幼いころから側近として寄り添ってきた重臣だった。

浅之進も、今の藩主の嫡男に幼いころから仕えており、藩主も息子のように可愛がるようになっていた。

「浅之進殿には、殿様に会えばなんとかしてもらえる、と思う気持ちがあるのだ。おのれの罪も反省せず、謹慎を解いてくれと泣きつく気だろう」

普通ならば不祥事を殿に知られてはまずいと思うだろうに、そんな気持ちすらないのだ、と十五郎は語気も荒く言った。さすがに頭にきている様子だ。

「家臣が家臣なら、藩主も藩主だな」

呆れたもんだ、と甲次郎は肩をすくめた。

「とにかく、浅之進殿を連れ戻さねばとあわてて追いかけてきたのだが、幸か不幸か川が止められていると聞いてな。この町のどこかにいるはずだ、と探し始めたところで、あの騒ぎだったのだ。——あれは煙硝だな。誰にやられたかは判っているのか？」

「桝屋って宿は、熊七や長助の定宿だった。そこに安吉って下男がいて、こいつが豊次に、女を殺したのは長助だと吹き込んだ男だ。おれを吹き飛ばそうとしたのも同じ男だ。一味に間違いねえ」

「桝屋の安吉か」

一味につながる線がようやく浮かんだな、と十五郎は言った。

「許さねえ」

甲次郎はつぶやいた。

だが、そうはいいながら、今すぐにここを離れて犯人を捜しに行くこともできない。千佐がいるのだ。

今の甲次郎には、千佐を守ることが、何より大事なことだった。

おぬしの言うことは正しかった、と十五郎が言った。

「確かに、煙硝など、持ち出してはならぬものだったのだ。罪もない者が大勢傷ついた。蔵破りが判ったとき、すぐにことを表沙汰にし、町方にも協力を頼んで、盗賊を捕まえるべきだった」

「今更だな」

「遅すぎるか。それも判っているのだが……」

それきり、二人は黙りこんだ。

五

翌日も、雨は続いた。

十五郎は朝から浅之進を探しに出たが、結局すでに十三の町にはいないようで、一足先に川向こうに渡ってしまった可能性が高かった。

千佐の火傷は腕だけで、さほど重症ではなかったが、昨夜からの熱が続いたため、一日床のなかで休むことになった。

渡し船が動き始めたら、自分のことは放っておいていいから、先に市中に戻ってくれと千佐は言い、

「そやないと、美弥ちゃんのお父さんを殺した下手人、遠くに逃げてしまうかも」

熱にうるんだ目で、健気なことを言った。

いいから休め、と甲次郎は叱った。

桝屋の火事は、前のときと同様、大きくは燃え広がらずに消し止められたようだ、と宿の者が教えてくれた。

甲次郎は、千佐がもう一度眠りについたのを確かめたあと、桝屋に出向き、検

分にきていた役人に安吉のことを告げた。

長助の仕業と思われている一度目の火事も、安吉がやった可能性が高いという と、枡屋の主人は身内に犯人がいたと知って仰天した。だが、言われてみれば、安吉には怪しい所があった、とも言った。

「安吉の奴、和泉の出やて言うわりに言葉が違う。あれはどちらかといえば播州よりの言葉や、と思ってました」

身元を偽って、宿に入り込んでいたらしい。

安吉が雇われた時期と熊七や長助が枡屋を定宿にし始めたころも、一致していた。初めから、熊七たちを見張る役目として、枡屋に入り込んでいたのかもしれない。

むろん、すでに安吉の姿は枡屋からは消えていた。

役人は、さっそく町中をしらみつぶしにして安吉を探すと言ったが、おそらくは、すでに逃げてしまっているだろうと甲次郎は思った。

昨日、その場で捕まえられなかったのを甲次郎は悔やんだ。

だが、仕方がなかったのだ。

甲次郎が部屋に戻ると、千佐は床の上に身を起こしていた。

「おい、千佐。今日はまだ休んでいろ」

川も止められたままだし、宿を動く気は今のところない。

「さっき、お医者さんが来てくれはったんです。そやさかい、起きてただけです」

千佐は笑っていた。

思いの外に元気そうな声で、甲次郎は安堵した。

薬が効いたのか、熱もさがっているようだ。

腹は空いていないか、水でも持ってきてやろうか、と甲次郎は珍しく世話をやこうとしたが、千佐は笑って首を振った。

「ところで、鈴屋の新太さんは？」

「ああ――そういえば、連れがあったんだったな」

すっかり忘れていた。昨日から、一度も思い出さなかった。

よほど取り乱していたようだ、と甲次郎は舌打ちした。

「桝屋に帰ってきてたかもしれねえな」

甲次郎たちから離れ、別の宿で女でも捕まえて楽しんでいたはずだった。昨日の騒ぎは、町中に広がっただろうし、桝屋が火事だとなれば、慌てて戻ってきて、甲次郎たちを探していたかもしれない。

悪いことをしたと思ったが、女と遊ぼうかというくらいの年齢なのだし、少し頭を働かせれば、渡し場で待っていれば合流できると判るだろう。

「あとで誰かに遣いを頼んで、渡し場で待ってる奴がいないか、見てきてもらおう」

「甲次郎さん」

千佐が思案顔になった。

「新太さんて、鈴屋の職人さんやて言うてはったけど……」

どうにも気になることがある、と千佐は言った。

昨日、甲次郎が風呂に行っていたときのことだが、と前置きし、様子がおかしかったと言った。

「甲次郎さんが、女中さんにいろいろ訊いてはったこと、すごく気にして、そのあと、甲次郎さんにこれ以上余計な話をするなて、女中さんに言うてたような……」

「なんだと」

甲次郎に遅れて千佐も湯を使いに行ったが、混んでいたこともあって、長湯をせずに、すぐに部屋に戻ってきた。

新太は千佐の姿を見て慌てて話を止めたようで、そのことがずっと気になっていた。

まさか、あの餓鬼が、と甲次郎はつぶやいた。

ただの荷物持ちだと思っていたから、さして気にも留めていなかったが、千佐に言われてみれば、おかしなことがある。

太郎兵衛を刺した犯人を見た、と証言したのも新太だった。

だが、それが嘘だったとしたらどうだ。

冗談じゃねえぞ、と甲次郎は思った。

餓鬼だと思ったからこそ、誰も疑いの目を向けなかった。

他所《よそ》から来たものが怪しいと言った太助でさえ、新太には厳しい目を向けなかったのだ。

第五章　去りゆく者

一

翌朝、ようやく川止めが解けた。

渡し船が動き始めると、宿に溜まっていた客が一斉に動き出す。

甲次郎は千佐を連れ、十五郎とともに宿をあとにした。

千佐の体のことを思えば、もう少し休んでからのほうがいいのだろうが、腕の火傷《やけど》は、痛みがおさまれば、あとは気長に治すほかないと言われたし、熱は下がった。

千佐自身は平気だと言い張り、勝手の判らぬ宿屋に留まっているより、早く家に帰りたいとも言った。

半分は甲次郎に気を遣っての言葉だとは判ったが、川止めのせいで帰りが遅れ、若狭屋でも心配しているかもしれない。

すまないと胸の内だけで詫び、甲次郎は出立を決めた。

今は、早く市中に帰って、豊次を死に追いやった盗賊の一味を捕えたかった。

十五郎は、急ぐのならば千佐は宿で預かってもらったほうがいいのでは、と言った。自分の定宿だから信頼できると言うのだが、甲次郎としては、うなずく気にはなれなかった。

十五郎を信頼しないわけではないが、その知り合いの宿まで信じられるかといえば、また別だ。千佐から目を離すのは、恐ろしかった。

早めに宿を出たつもりだったが、甲次郎たちが渡し場についたときには、行列が出来ていた。

「先に行けぬものか、御用で急いでいるのだ」

十五郎は、前に並ぶ者たちに城代の用向きであることを匂わせ、なんとか先に行こうとしたが、ぎっしりと行列を埋めた旅人たちは、素知らぬふりを決め込んでいた。

「その程度の言い方じゃ、誰も言うことなんか聞かねえぞ」

甲次郎は言った。

武士の身分に物を言わせたいのであれば、後ろから石を投げられるのを覚悟で割り込めばいい。それができないのならば、待つしかない。

十五郎はいらいらと舌打ちをしたが、並ぶことを選んだ。

存外に気が弱い男だな、と甲次郎は苦笑した。

「あんた、もとは江戸詰なのか？　それとも国から来たのか」

「国元だ。ずっとそちらにいた。正直、こちらに来た当初は、驚くことばかりだった」

城下町では、武士はもちろん、町人もすべて、ひとりの殿様の下で暮らしているのだ。代々その地にいれば、商人とも顔なじみになる。

大坂は違う。

大坂城代は、大坂で随一の権力を持つ存在だが、市中には老中などの権力者や外様の大藩などと親しい付き合いのある豪商が軒を連ね、城代だというだけでは商人たちを恐れ入らせることはできない。

第一、城代というものは数年で交替していく存在であって、代々大坂に暮らす商人にとって、さほど大きな取引相手とはいえないのだ。

「村方でも、同じことを感じた」

十五郎は目を細めた。

あたり一帯がひとりの殿様のもの、と決められている地域とは違う。あまりにも大勢の権力者が出入りするために、ひとびとは権力者という存在に恐れ入ることも忘れているようだった。

それが大坂であり、ひいては、畿内という特殊な地域だと、十五郎はしみじみと語った。

甲次郎は肩をすくめた。

「別に、それほど驚くことじゃねえだろう。大勢の殿様が出入りするというなら、江戸も同じじゃねえか」

江戸は参勤交代で集まってきた大名の生活の場だ。

「それは違う」

十五郎は首を振った。

「江戸には将軍家がおわすではないか。大勢の大名がいても、それは変わることがない。大坂が特別なのは、あの大きな城を預かる者がころころと変わっていくところだ」

武士というものが、町によってこれほど違う扱いを受けているとは知らなかった。大坂を離れるのは名残惜しい、と十五郎は言った。

船が渡し場に着き、次の客が乗り込み始めた。

今度こそ乗れるか、と思ったが、まだ順番が来なかった。

「……新太という職人のことだが」

あたりを気にしながら、十五郎が言った。

「結局、姿をくらませたようだな」

「そのようだな」

桝屋《ますや》の安吉も、あれ以来姿を見せていない。

「二人が仲間だったとしたら、一緒に逃げたのかもしれねえ。今頃は、どこかの渡しで船に乗ってるんじゃねえか」

川止めの間は、市中には戻れない。だが、十三《じゅうそう》にいてはまずいと考え、川沿いに移動し、どこか別の渡し場から市中に帰ったのかもしれない。

「一応、渡し場に安吉の人相書きは、回すように町役人に言ったのだが」

「そうはいっても、これだけ混雑してりゃな」

どさくさに紛れて船に乗り込んでしまうことも考えられる。

「……新太は鈴屋に戻るのだろうか」

十五郎がつぶやいた。

「それは判らねえが」

新太は鈴屋の主人が美弥につけた職人だ。主人が新太のことをどこまで知っていたのか、甲次郎は気になった。

「鈴屋に行って確かめてみるしかねえだろうな」

甲次郎は肩をすくめた。

鈴屋には、事件と無関係であってほしかった。

美弥の縁談も鈴屋が仲人になって決めたはずだ。鈴屋が事件に関わっているとなれば、縁談にも影響が出てくるだろう。

（本当は、今すぐ嫁入りなんざしねえ方が美弥にはいいんだろうが）

美弥の心は十五郎にあるのだ。

美弥は、千佐と同じで、寺子屋の仲間が次々と嫁入り先を決めていくなか、ひとりで市中に残り続けた。すべて、十五郎のためだったのだろう。そして、十五郎が大坂を去るとなって、美弥はばたばたと嫁入りを決めた。

予定より早く城代の交替が決まったことで、美弥の人生も変わったのかもしれない。

むろん、すべてが新たに城代となった小浜藩主酒井忠邦のせいだとは甲次郎も思ってはいない。誰だとて、知らぬところで人の運命を変えてしまうことはある。ただ、それが城代ともなれば、あまりにも大勢の人生が動かされるということだけだ。

再び船の行列が動き、ようやく順番が来た。

甲次郎は、千佐の肩を抱くようにして、船に乗り込んだ。

「大丈夫」

千佐は首を振って、甲次郎の手を離した。

「もう市中に入るさかい」

人目につく、と言いたいらしい。

許婚のいる甲次郎が、その従姉の肩を抱いていたのでは、外聞がよくない。気にするなと言いたかったが、こういうことが噂になれば、傷つくのは千佐の方だ。

甲次郎は黙って千佐の隣に腰をおろした。

まだ水の落ち着かない川は、激しく船を揺らした。

船が岸に着くと、乗客はげんなりとした顔で、我先にと船着き場に下り立った。川止めで待たされていた商人たちは、急ぎ足で市中に向かって街道を歩き出す。

すまぬが先を急ぐ、と十五郎が言った。

「二日も足止めをくってしまったが……」

一刻も早く下屋敷に出向いて、浅之進も含めて今後のことを話し合いたいという。

構わないから一人で行ってくれと甲次郎はうなずいた。

千佐がいるから急ぐことはできないし、そもそも十五郎とは連れではないのだ。

「おぬしの店は……確か、本町の若狭屋といったな」

「ああ、そうだ。よく覚えてるじゃねえか。何かあったら来てくれ」

「判った」

では、と十五郎は軽く礼をし、そのまま歩調を早めようとしたが、ふと思いついたように声を潜めて付け足した。

「ところで、おぬしは、小浜の酒井家と何か関わりがあるのか」

「なぜ、そんなことを言う」

「あのとき……」

と、甲次郎と城代屋敷の近くで出会ったときのことを言い、

「酒井家御先用の岩田様が、やけにおぬしのことを気にしていた」

「岩田って名前か、あのときの爺さんは」

甲次郎の顔を見つめ、江戸藩邸にいた女中に似ていると気付いた老人だ。

「引き継ぎのことで、何度か下屋敷にお見えでな。私が顔を合わせたことは一度しかないはずだが、しっかりと覚えておられた。今の小浜藩主に昔から仕えている方らしい」

物覚えが良い人物らしい。面倒だな、と甲次郎は顔をしかめた。甲次郎のことも、そう簡単には忘れてくれないかもしれない。

「実は、おぬしの名前を告げてしまったのだ。あれは誰かと訊かれたものでな。まずかっただろうか」

「……困ると言ったところで、今更、しょうがねえだろう」

甲次郎は苦笑した。

若狭屋の甲次郎という名は、二ヶ月前の一件で、酒井家にはすでに知られてい

るはずだ。

それに、機会があれば、あの岩田という老人ともう一度会ってみてもいいと思う気持ちも甲次郎にはあった。素性をばらすつもりはないが、自分の母親のことは聞いてみたいと思うのだ。むろん、それがどれだけ危ういことであるかも、判ってはいるのだが。

「……おぬしの事情に深入りする気はないが、一応、告げておく」

十五郎はそう言って、歩き出した。

「甲次郎さん、酒井家のことって、まさか」

十五郎の声が聞こえなくなったころ、不安げに千佐が口をはさんだ。

「この間のこととは関係ない。お前が心配することはねえよ」

「そやけど、酒井家ていうたら……」

「大丈夫だ。お前には関係ない」

心配するな、と繰り返したあとで、このことは誰にも言うなよ、と甲次郎はつけたした。神妙な顔で千佐はうなずいた。

酒井家の家臣に呼び止められたなどと知らせれば、若狭屋の養父が心配するだろう。もう、酒井家のことで、養父を悩ませたくはなかった。

甲次郎は千佐を気遣いながら、ゆっくりと歩き出した。

一本道のことで、先に行くといった十五郎の背中はまだ前に見えている。

しばらく歩いていると、その十五郎の前方から、三人の武士が馬を飛ばしてくるのが見えた。

それ自体は気に留めることでもなかったのだが、その武士たちが十五郎を指さし、囲むように馬を止めたのを見て、甲次郎は眉をひそめた。

武士たちは馬から下り、十五郎と押し問答を始めた。

通行人はみな、逃げるようにして脇を通り抜けている。

甲次郎は千佐をちらりと見た。千佐がうなずいた。

「近づかずに待ってろ」

言い置いて、甲次郎は一人で足早に歩き出した。

声が届くあたりに来たとき、十五郎が、違う、私ではない――と大きな声をあげるのが聞こえた。

「そんな無茶な話があるか。殿にお目通りを願いたい。私は決して、そのようなことは……」

かまうな、ひったてろ、と武士のひとりが叫んだ。

「言い訳は後で聞く。騒ぎ立てるな」

十五郎が両脇から腕をつかまれた。武士たちは、十五郎に縄をかけようとまでした。どうも、ただごとではない。

「おい、どうしたんだ」

追いついた甲次郎は、後ろから十五郎に声をかけた。

「何かあったのか、十五郎。何なんだ、この連中は」

「おぬし……」

振り向いた十五郎は、狼狽していた。

「失せろ、町人」

十五郎よりも先に、武士の一人が怒鳴った。

「町人の関わることではない。その者は、我が藩の家中でありながら、許し難い不祥事を起こしたのだ。抵抗するならば成敗しても構わぬとの達しを受けておる」

「ちょっと待てよ」

甲次郎は、武士たちを押しのけ、十五郎に駆け寄った。

「どういうことなんだ、あんた。不祥事ってのは……」

十五郎は、なかば呆然《ぼうぜん》として言った。

「……何がどうなっているやら……この方々は、蔵破りをしたのは私だというのだ」

「なんだと」

「浅之進殿が、下屋敷で殿にそう訴えられたというのだが……」

「……つまり、村から逃げ出したあの餓鬼が、あんたに罪をかぶせたってわけだな？」

「まさか……」

甲次郎に言われて、初めて十五郎は、その可能性を思いついたようだった。あまりのことに思いも及ばなかったらしい。

どけ町人、と再び武士が甲次郎に怒鳴った。

「でなければ、貴様も仲間だ。蔵破りのか」

「仲間って、なんの仲間だ。蔵破りのか」

「……事情を知っておるようだな。やはり、一味の者か」

武士のひとりが刀を抜くのが見えた。

冗談じゃねえ、と甲次郎は思った。

十五郎はまだ、事態をはかりかねて立ちつくしている。

相手は本気なのだ。このままでは斬られる。

「おい、十五郎さんよ、あんた、おとなしく斬られるつもりなのか」

甲次郎が肩をつかんで揺さぶると、十五郎はようやく我に返ったようで、冗談ではない、と武士たちに摑まれたまま言った。

「そのような理不尽なことがあるか。私は潔白だ。何もしていない……」

「だったら何とか逃げる算段をしろ！　こいつらの言うままになっていたら、殺されるぞ」

逃げる気があるなら助太刀してやる、と甲次郎は言った。

「何を言うか、町人が」

武士が叫んで刀をふりかざしたのを見、甲次郎は十五郎の腰から、勝手に刀を引き抜いた。

「借りるぜ。あんたより、おれのほうが腕が立ちそうだからな」

「……待て、相手は傍輩《ほうばい》だぞ、斬り合いなど……」

「この状態で、そっちの心配か」

甲次郎は、十五郎をあてにせず、ひとりで身構えた。

武士三人を相手にするのは厳しいかと思ったのも束の間で、甲次郎が刀を抜いた瞬間に、二人までは怯《おび》えたのが判った。

腕に覚えがあるのは、先に抜いた一人だけのようで、十五郎を一人始末するならそれで十分と思っていたのだろう。

「わ、我らがどこの家中の者か知っておるのか」

「ああ知ってるぜ。……往来で町人にたたきのめされたってのは、恥なんじゃねえのか。刀をひけば、こっちもおさめてやる」

何だと、と武士は怒鳴った。

斬りつけてきた刃を、甲次郎はすばやくかわした。よろけた武士が、もう一度向かってくるのを見て、甲次郎は舌打ちし、踏み込んで斬りつけた。

「……うわっ」

悲鳴をあげて、武士は後ずさった。襟元を甲次郎の切っ先がかすめ、着物が裂けたのだ。

おい、と声をあげたのは十五郎だった。

「止めろ、それ以上は……」

「うるせえ、引っ込んでろ」

怒鳴りつけると、ひるんだのは十五郎ではなく、武士たちの方だった。

どうにも分が悪いと悟ったらしい。

覚えていろだの、不忠者だのと口々にわめきながら馬に飛び乗り、来た道を引き返していった。

「……なぜ、こんなことに」

十五郎が、かすれ声でつぶやいた。甲次郎はため息をつき、十五郎に刀を返した。やがて馬上の武士たちが見えなくなったのを確かめ、千佐が後ろから、おそるおそる近づいてきた。

二

市中に入るまでは、いつまた先ほどの武士たちが戻ってくるか判らない。町方までは一本道で、逃げ場がないのだ。隠れようもない。

急ごうと思っても、千佐が一緒では限度がある。

十五郎だけ先に行かせるべきか、とも甲次郎は思ったが、剣術がからっきしの十五郎では、一人にしておいたほうが危ない。

十五郎本人は、家中からお尋ね者扱いをされたことにひどく驚き、まだ動揺している様子だ。

甲次郎は、途中の茶屋で十五郎に着物を替えさせることにした。茶屋の亭主の古着を買い取り、町人の恰好をさせた。顔は笠で隠し、刀は甲次郎が預かった。さらに相手の目をごまかすため、千佐と二人で一歩先を歩かせた。

「そこまでしてもらうわけには……」

迷惑をかけたくないから離れると十五郎は言ったが、

「お前さんを一人で行かせて、後から亡骸《なきがら》を道ばたで見ることになったら後味が悪いだろうが」

いいから言うとおりにしろ、と甲次郎は諭《さと》した。

武士たちの行動を甲次郎は改めて考えてみた。市中から遠い街道で十五郎を捕まえても、そこから市中までひったてていくのは困難だ。

だとしたら連中の目的は、初めから十五郎を斬り捨てることだったのかもしれない。

浅之進は、藩主の寵愛篤《あつ》い若者だとの話だった。

藩の者は浅之進のしでかした罪を誰かにかぶせることで、一件の始末をつけてしまおうと考えたのではないか。

蔵破りはすでに噂として広まり、なかったこととしてすますのは難しく、ならば誰かが責めを負わねばならないはずだ。

辺りに油断なく目を配りながら、三人は急ぎ足で歩いた。

やがて北野天神を過ぎ、町家が見えてきた。甲次郎はようやく安堵の息をついた。

ここから先ならば、もう一本道でもない。道の両側に店が並び、いざとなれば路地裏に逃げ込むこともできる。

だが、市中には内藤家の家臣は大勢いるのだから、安心はできなかった。甲次郎はこれからどうするべきかと考えた。やはり頼れるのは、一人だけだった。

「おれの師匠のところに隠れるといい」

甲次郎は、十五郎を御昆布屋《おこんぶや》了斎《りようさい》のところに連れて行くことにした。

千佐もかなり疲れているようで、若狭屋まで歩かせるより、一度休ませてやりたい。

天満天神《てんまてんじん》の森を目指して歩き、そのすぐ脇にある道場に顔を出すと、師匠が出てきた。知り合いを匿ってほしいのだとだけ甲次郎は告げた。了斎は、そういうことならいつもの店に行けと言った。了斎が我が家のように入り浸っている、あの居酒屋である。

「わしは、まだ道場で稽古があるさかい、後から行くけども」

女将は甲次郎をよく知っているから大丈夫だと了斎は言った。その後甲次郎の後ろにいる千佐に目をやって、あまり娘さんに無茶させるな、とつけたした。

師匠が詳しい事情を訊ねようとはしないのが、甲次郎にはありがたかった。

たどり着いた居酒屋には、千佐は一度訪れたことがあって、女将のほうも覚えていた。

旅支度で埃にまみれた姿の一行を見て、女将はまああと声をあげた。甲次郎が事情を説明するより先に、千佐の顔に疲れの色が濃いのを見てとったようで、男衆はそのへんで勝手にしとき、と言って、千佐だけを二階の座敷に連れて行った。

千佐は相当疲れていたようで、口では遠慮していたものの、女将が半ば無理矢理に連れて行った座敷で、あたたかい薬湯を飲み、横になるとすぐに眠ってしまったとのことだった。

階下に戻ってきた女将が、顔をしかめて、

「娘さんに無茶させたらあかんやないの」

師匠と同じことを言った。

事情があるのだ、自分はすぐに出かけるかもしれないが、しばらく休ませてやってくれ、と甲次郎は頼んだ。

「かまへんけど。休みたかったら休んでればええし、出て行くなら行ったらええし。うちは奥で店の下ごしらえしてるさかい、適当にしとき」

まだ店を開ける時間ではないから残り物しかないのだが、と言いながら、女将は焼いた鯛《たい》の身をほぐして残り物の飯にのせ、茶漬けにして出してくれた。歩き疲れて小腹がすいていたところには、ちょうどいい。

食べ終わるまで、十五郎は無言だったが、からになった茶碗を前に、しみじみとひと息つき、

「おぬしはこうしてすぐに頼れる者が近くにいるのだな。羨《うらや》ましい」

自分には、そういう相手は思いつかない、と言った。

「七年も市中にいたというのに、何をしていたのかと思う」

「お役目で暮らしていただけではな。しょうがねえだろう」

あんただって国元に帰れば頼れる者も昔なじみもいるだろう、と甲次郎は慰め

た。

「……で、あんた、これから、どうするつもりなんだ」

「どうといわれても」

十五郎は下屋敷に帰ることもままならなくなったのだ。

「帰ってみたら、案外、なんとかなるってことはないのか」

「どういうことだ」

「さっきの連中が、本当に藩主の遣いとは限らねえだろう。浅之進が仲間を動かして勝手にやってるんじゃねえのかってことだ。殿様に直に話せば、判ってもらえるんじゃねえのか」

「……それはなかろう」

しばし沈黙したあと、十五郎ははき出すように言った。

「さきほど私を捕らえようとした三人は、殿のおそば近くに仕える方々だ。殿の命令だというのは、本当だろう。浅之進は殿の信頼が特に深い。奴が言ったことは、すべて家中では真実になってしまう」

奴、と浅之進を呼んだことに、十五郎のやりきれなさが現れていた。

年下の者の不祥事に心を痛め、なんとか揉《も》み消そうと走り回り、そのあげくに下手人に仕立てられたのだ。

「殿も、まわりの方々も、本当のことを判っての上で、私を始末するおつもりなのだろう」

浅之進と較べれば、十五郎は、特に覚えがめでたいわけでもない下士でしかなかった。

「私が斬られてしまえば、それで片が付く」

「厄介なもんだな」

一つの家、一つの藩を守るため、犠牲になるものが必要なのかもしれない。

だが、生《い》け贄《にえ》にされるものは、たまったものではない。

「……しかし」

十五郎が口を開いた。

「殿が、そう仰せであれば、仕方がない……」

大人しく下屋敷に出向くのが、武士としての忠義かもしれないと言った。

そうすれば、すべて上手くいく。

「冗談じゃねえ」

甲次郎は呆れた。

「何がどう上手くいくんだ。武士の考えることは判らねえな」

下屋敷に行けば死ぬことになる、とたった今、自分で言ったところではないかと思った。

「とにかく、しばらくここで頭を冷やせ。ここなら内藤家の奴らに見つかることもないだろう」

しばらく隠れ、それから、後のことを考えればいい。

「おれは、これから町方役人に会ってくる。懇意にしてる奴がいるんでね。あんたのことも相談してみる」

「待て。家中のことだ。町方に言われては困る」

またそれか、と甲次郎は肩をすくめた。

「つくづく忠義者だな、お前さん。だがお前はその家中に殺されかけてるんだぞ」

「だが、家中のことであれば、町方は支配違いだ」

十五郎が言い返した。

それは、確かにそうだった。

蔵破りの一味が町人であれば町方で捕らえることができるが、城代の家中での不祥事となれば、町奉行所は口をはさめない。

「それでも、何か知恵が出てくるかもしれねえだろう」

支配違いといっても、実際には、町中で城代の家中などの武士が不始末を起こすことは多く、その際に、奉行所の役人は内々でことをおさめるために様々な手を打つ。大名なり旗本なりの家中と、話をつけるのにも慣れている。

「役人といっても、幼なじみだ。内々でと頼めば、悪いようにはしないはずだ」

祥吾は正義感が強い男で、それが悪であれば、甲次郎が頼んだところで聞きはしない。だが、無実の罪で殺されようとしている男がいるとなれば、それを何もせずに放っておくこともしない男だ。

「町奉行所の役人と、商家の倅が幼なじみなのか」

妙なところで、十五郎は驚いた。

道場で一緒だったんだよ、と言うと、さらに目を丸くした。

「おぬしは本当に町人なのか？　さっきも言ったが、やはり酒井家に縁の……」

「町人でも道場に行く者もいるんだよ。ついでに言うなら、殺された豊次も、一緒だった」

「……そうか」

そういうところも大坂は変わっているな、と十五郎は感心している。

幼なじみの名は丹羽祥吾だと告げると、十五郎はその男なら知っていると言った。

「東町の鬼同心だと、下屋敷でも評判だった」

「優秀な男だからな。蔵破りの件も、噂くらいは耳にしているだろうな」

豊次の殺しと蔵破りに関わりがあると、祥吾は知っていたのだろうか。

そこまでの大きな事件と知っていたから、甲次郎に隠そうとしたのかもしれない。その気持ちは判ると思うと同時に、やはり一発くらい殴ってやらないと気がすまねえ、とも思った。

初めから事情がもう少し判っていれば、ことはもっと簡単だったかもしれないのだ。

とりあえずお前はしばらく頭を冷やしていろ、と十五郎に言い、甲次郎は一人で立ち上がった。

そのまま出かけようとして、やはり気になって、二階にあがって千佐の眠る部屋をのぞいてみた。

「甲次郎さん」

千佐は、目を覚ましていた。

気分はどうだ、と声をかけると、襟元を気にしながら半身を起こした。

「熱があがったんじゃねえのか」

頬が赤いのが気になって額に手をあてると、困ったように身を引いた。

「……少し、出かけてくる。ここにいてくれ。十五郎は置いていく」

「どこに、行かはるんですか」

「祥吾に話をしに行く。十五郎のことも放ってはおけねえし、鈴屋のこともな」

新太がどこに行ったのかが気になっていた。

「十五郎も、今は、まだ混乱してるようだが」

落ち着いたら、美弥のことを考えて冷静になれと言ってやるつもりだと甲次郎は笑った。

十五郎が自棄になるようなことがあれば、美弥が悲しむ。

千佐は、神妙な顔をしてうなずいた。

三

甲次郎は、居酒屋を出ると、東町奉行所に向かった。

東町奉行所は、天満橋を渡ってすぐのところ、大坂城京橋口の脇にある。

今の月番は東町奉行所であるから、町廻りの祥吾は、奉行所にいることの方が少ない。

案の定、門の外から、祥吾を呼び出してほしいと門番に頼むと、今は見まわりに出ていると告げられた。

「しょうがねえな」

甲次郎は舌打ちした。

祥吾が立ち寄ることの多い町会所にでも行ってみるか、と奉行所に背を向けた甲次郎だったが、そこで、いつも祥吾といることの多い手先衆を見つけた。確か伊蔵《いぞう》と言った。

商家ならそろそろ隠居の声もかかる年齢で、もとは祥吾の父親についていたといい、祥吾が見習い同心だったころから行動をともにしていた。

声をかけると、伊蔵も甲次郎を知っていて、

「これは若狭屋の若旦那」

丁寧《ていねい》に挨拶をした。

役人の手先というのは、商人にはえらそうにすることが多いのだが、甲次郎が

祥吾の友人と知っているようで、腰が低い。

祥吾の居場所を聞いたが、さあ、と言葉を濁した。知らないのか、言う気がないのか、表情からでは判らない。

こいつは豊次の検死の際にも傍にいたなと思い出し、その後調べは進んだか聞いてみた。

「まあ、ぼちぼちでして」

伊蔵は肩をすくめた。

「下手人は、まだ判らんのですが、豊次の奴が関わっていた一味の者が見えてきましてな。旦那は今、そちらの関係もあって、お武家様のところに内々で呼ばれてはります」

「武家だと」

どういうことだ、と甲次郎は訊ねた。

だが、長年、探索に携わっている男だけに、相手が甲次郎でもすぐには話そうとしない。

「豊次のことはおれも気になってるんだ」

くり返し訊ねると、しぶしぶといった口調で、先頃御役替えになったばかりのお大名です、と言った。

「……なんだと」

大坂で役務についている大名は限られている。

大坂城代内藤家に違いない。

さらに詳しく問いつめると、内藤家が町奉行所に、以前から市中を騒がせている煙硝蔵破りの一件に家中の者が関わっていると判ったため追っ手を出した、と知らせてきたのだと伊蔵は言った。

市中で斬り合いなどの事態が起きるかもしれないが見逃せという話で、祥吾はその詳細を確かめるために下屋敷に出向いたらしい。

蔵破りに関わった家中の者とは、十五郎のことに違いないと甲次郎は思った。

内藤家は町奉行所にまで、すでに手を回したのだ。

十五郎が市中に戻ってくると見てのことだろう。

「なるほどな」

十五郎はいよいよ追いつめられるぞ、と甲次郎は思った。このままにはしておけない。内藤家は蔵破りを町方には打ち明ける気になったようで、それは都合がよいとも思われた。

おい、と甲次郎は伊蔵に言った。

「今すぐ、祥吾のところに言って、伝えてもらいたいことがある」

「……て言われましても、旦那は今、お出掛けやて言いましたやろ」

「だから、その祥吾を呼びつけた相手にも、伝言があるんだよ」

甲次郎は、伊蔵に声を潜めて話をした。

「本当でっか？」

初めは疑わしそうな伊蔵だったが、甲次郎が真剣な表情だと見てとると、判りました、と神妙にうなずいた。

頼んだぞ、と言い置いて、甲次郎は立ち去った。

そのまま、甲次郎が急ぎ足で居酒屋に戻ると、店は何やら騒がしくしている様子だった。

まさか内藤家の連中につきとめられたのではないか、と甲次郎は焦《あせ》ったが、甲次郎の姿を見つけて、千佐が駆け寄ってきた。

「十五郎様が……」

青い顔をしている。

「どうしたんだ」

「それが……」

十五郎が、ひとりで鈴屋に出かけたのだと言った。

「お止めしたんやけど」

甲次郎が帰るまで待って欲しい、と言う千佐に、十五郎は一言だけ言った。

「美弥を頼む、て……」

まるで遺言のようだった、と千佐は唇をかんだ。

「無理にでも、すがりついてでも、お止めしたらよかった」

説得しようとしたのだが、かなわなかったのだと千佐は言った。

「あの馬鹿野郎」

ろくに剣術も出来ぬ身で先走ることはなかろうと甲次郎は思っていたのだが、甘かったようだ。

「そやから、うち、奉行所まで甲次郎さんを呼びに行こうと思て……」

「馬鹿。動くなと言っただろう」

甲次郎は千佐を叱った。

呼びに行くといったところで、行き違いになっていたかもしれないのだ。

「もう、これ以上、心配させるな」

「……そやけど」

十五郎に何かあったらどうするのだ、と千佐は納得がいかない様子だ。

「いいから、絶対に、ひとりで動くな」

きつく繰り返したが、千佐はなおも、自分にもできることがあればなどと言っている。

なんでおとなしくしていられねえんだ、という苛《いら》立ちと同時に、そういう娘なのだと思った。

危ない目に遭ってでも、何か手助けをしたいと思う娘なのだ。

だが、だからこそ、守ってやらなければならなかった。

出かけてくるから帰るまでここにいろ、と甲次郎は強く言った。

「鈴屋に行かはるんですか？　お一人で？　それに、丹羽様は……」

祥吾にも遣いはやった、と安心させるように言い、そのまま出かけようとする甲次郎を、千佐が呼び止めた。

「あの……十五郎様のことですけど」

そういって、あたりをはばかるように声を潜めた。

背伸びをするようにして甲次郎の耳元で、千佐がささやき、甲次郎は目を見開いた。

「その話を、十五郎に聞かせたのか」

「はい」

「判った」

甲次郎は再び居酒屋を後にした。

鈴屋に向かう足が、急ぎ足になり、そのうち駆け足になった。千佐の話を聞いたあとだけに、十五郎を無駄死にさせたくなかった。

鈴屋に行くのは、これで三度目だ。

一度目は、気分の悪くなった美弥を送り届けた。二度目は、その美弥を村に送るために迎えに行った。二度目のときには、鈴屋の主人と話もした。気のよさそうな旦那だった。悪党には見えなかった。

角を曲がると、鈴屋の古びた看板が遠くに見えた。

包みを手にした二人連れの女が、話をしながら店を出てきたところだった。得意客のようで、店の者が見送りに出てきて何度も頭をさげている。女は、身分のある屋敷の女中といった身なりだった。

饅頭屋には幅広い客が出入りするのだと甲次郎は思った。権力者の家に出入りすることもあろうし、その気にさえなれば、悪党が隠れみのにするのに都合がいいともいえる。

客足は絶えることがなく、また別の女が入っていった。

客が普通に出入りしているということは、店は通常通りの商いをしているわけだ。十五郎が先に着いて何か騒ぎを起こしている、という様子はない。

甲次郎は足を止め、安堵の息をついた。

走り通しで駆けつけた甲斐があって間に合ったのだ——と思った瞬間、鈴屋のはす向かいの店から、見覚えのある男が出てきた。十五郎だった。

十五郎は、そのまま鈴屋に入っていこうとした。

「おい、待てよ」

甲次郎は大声で怒鳴った。

鈴屋の連中に気づかれはしまいかとは思ったが、一人で踏み込もうとしている十五郎を止めなければならなかった。

「……おぬし、なぜここに」

十五郎は驚いた顔で暖簾の前で立ち止まった。

「お前さんこそ何やってるんだ。相手の正体も判らねえのに一人で乗り込もうなんざ、どういう了簡《りようけん》だ」

「……だが、このままぼんやりしていても同じだ。どうせ私は罪人になってしまうのだ」

と十五郎は言った。下屋敷に戻らずにいれば、脱藩者として追われることになる。

蔵破りの大罪人の汚名を着せられたままでは追っ手もかかろう。それよりは、悪党を召し捕るか、それが無理でも、蔵破りの悪人の一味を探し出すのが自分の意地だと十五郎は言った。

「鈴屋に新太が戻っていれば、手がかりもつかめる」

「鈴屋の主人も悪党の仲間だったらどうするんだ。一人で乗り込むのは危険だ。殺されるぞ」

「死は覚悟の上だ」

「馬鹿野郎、死んだら終わりじゃねえか。……あんた、今、美弥をおいて死ぬわけにいかねえだろう」

美弥のおなかには子供だっているんだからな——と甲次郎は言った。

「……」

千佐が村を発つ日に美弥に聞いたとの話だった。

美弥自身、そうではないかと思っていたのだが、寄宿先では医者を呼ぶこともはばかられ、困っていた。

村に帰ることにしたのは、そのためもあったのだ。

太郎兵衛が死に、倒れた美弥を案じて兄嫁が医者を呼んでくれた。その医者に、身ごもっていると言われ、どうしようかと途方に暮れながらも、千佐にはその話を打ち明けたのだ。

「だが……だからこそ、せめて罪人の汚名だけでも雪《そそ》がねばならぬのだ」

十五郎は苦しげに顔を背けた。

「悪党を召し捕ろうとして死んだ父であれば、まだ不名誉は免れる。いずれにしろ藩には戻れぬ身になったのだから他に道はない」

「何を言ってんだ」

甲次郎はあきれ顔になった。

「藩に戻れないのがなんだ。浪人になっても暮らしてる奴は山ほどいる」

「武士には武士の覚悟というものがあるのだ。長年仕えてきた殿に罪人呼ばわりされた。その怒りも絶望も町人のおぬしには判るまい。浪人と軽く言うが、代々仕えてきた家を離れてどうやって生きていくのだ」

十五郎はむきになった。

「国元には父母もいる。親戚もいる。その故郷に、二度と戻れなくなる。おぬしにその絶望が判るか」

「判らねえな。判りたくもねえ。生きようと思えば、どこでも生きられるだろう」

「それはおぬしが町人だからだ。武士は、そうはいかぬ」

「ばかばかしい」

「それが武士というものだ」

判らなければそれでいい、と十五郎は言った。

「そうか、武士ってのはえらそうなもんだな。だが、あんたのどこが武士なんだ。さっきだって、刀もろくに抜けなかったじゃねえか」

「何だと」

「武士だ武士だと威張ってみたところで、剣術の腕で町人のおれに勝てねえんじゃ、しょうがないだろう。無駄な意地なんか捨てることだな。それより生き延びることを考えろ」

「おぬし、無礼だぞ……」

十五郎はさすがに腹を立てたようだったが、事実は事実だと判っているようで、その先が続かない。

そのまま甲次郎をにらみつけていたが、その顔が、ふと崩れた。

力のない笑みが顔には浮かび、十五郎は、おぬしの言うとおりかもしれんなとつぶやいた。

四

鈴屋に乗り込むのは、少し待ってからにしろ、と言った甲次郎の言葉に、十五郎は納得したようだった。

「うまくいくかどうかは判らないが、死んでもともとだ」

二人は鈴屋と同じ通りにある蕎麦屋の二階にあがり、そこで鈴屋を見張りながら待つことにした。

蕎麦屋には、じきに奉行所の役人が来るから協力しろと言った。主人は顔をしかめたが、武士である十五郎に頭を下げられ、しぶしぶ部屋を貸してくれた。

十五郎は、待っている間も、格子に張り付くようにして鈴屋を見張っていた。

「あの浅之進って奴は、なんで蔵破りなんかしたんだ」

甲次郎は、部屋の壁にもたれ、ぼんやりと過ごしていたが、ふと思いついて、十五郎の背中に問いかけた。

「藩では出世が約束されているんだろう。そんな男が馬鹿をやった理由がわからねえ」

「……もともとは、盗みが目的ではなかったそうだ」

愚かな話なのだが、と十五郎はため息まじりに言った。

「ただ、蔵から煙硝を盗み出し、それで次の城代を困らせてやれれば、と思ったらしい」

「なんだ、それは」

「浅之進はこの度の御役替えに不満を抱いていた。殿のご無念を思ってのこともあるが、それ以上に、浅之進は大坂を去りたくなかったのだ」

元服直後に大坂に赴任してきた浅之進は、十五郎と同じで、国元から大坂に出てきた男だった。

大坂は国元の城下町と違い、物があふれ、遊び場も栄えていた。

「むろん国元の城下町も私は好きだ。だが大坂は、まぶしい程に華やかな町だった」

浅之進と仲間たちは、大坂の暮らしにすっかり夢中になった。

「その生活が、もっと続くと思っていたのだ」

大坂城代は、長ければ十年以上もその地位についていることがある。若い間を大坂で過ごせるものだと、彼らは思いこんでいた。

「だが、この度の思わぬ人事で、我らの殿様は、大坂城代を退くことになってしまった。城代の次には、と噂されていた京都所司代にも、老中にもなれなかったのだ」

「それで腹を立てたってわけか」

「それだけではない。追い打ちをかけたのは町の者の態度だった。連中は御役替えと決まった瞬間に、手のひらを返したのだ」

城代の家中であれば、町を歩いていてふらりと店に入っても、ちやほやされたし、新町の大夫も、何も言わずともすり寄ってきたものだ、と十五郎は言った。

しかし、それが突然に変貌した。

昨日まですり寄ってきた者が、すぐに新しい城代に目を向けた。

「我らは驚いたし、それ以上に腹が立った」

　内藤紀伊守を追い落とす形で新しく城代に就任したのは、小浜の酒井家で、強引な賄賂攻勢で無理矢理に役職を得たのではないかと噂されていた。

「若い藩士にとっては、それもまた腹の立つことだったのだ」

他家の主のなりふり構わぬ猟官運動に主君が追いやられた、と浅之進は思った。

もっと大坂で暮らしたかったという単純な欲望に、現金な町の者たちへの怒り、さらには、主君が賄賂に負けたことに対する若者らしい憤りが結びつき、浅之進は腹いせに、やってはいけないことに手を出した。

「それで仲間とともに、蔵から煙硝を盗み出したってわけか」

とんでもない馬鹿だな、と甲次郎は吐き捨てた。

「そうすれば、次の城代が困ると思ったわけか。子どもみてえだな」

「愚かだと、私も思う。だが……」

問題は、その愚かな行為に多少なりとも共感を抱く者が、藩のなかに多かった、ということにもあったのだ、と十五郎は言った。

「それほどに恨みを買うものだったのか、今度の城代の交替は」

「逆恨みだと言われるかもしれんがな。我らにとっては、つらいことだった。そして、当たり前のことだが、その口惜しさを誰よりも感じていたのは殿様だったのだ」

家臣以上の口惜しさを、藩主そのひとが抱いていた。

「だからこそ、殿は浅之進を厳しく罰しようとしないのだろう。浅之進よくやったくらいのことは、お思いなのかもしれぬ」

「馬鹿な話だな」

「ああ、馬鹿げている。おぬしに言われて私も目が覚めた。だが、それまでは浅之進の気持ちも判るとも思っていた。藩のなかに流れる空気に飲み込まれていたのだ」

「殿様の出世がそんなに大事か。おれには判らねえ」

「そう言えるおぬしが羨ましい」

「羨ましいとはよく言うな。二言目には町人のくせにって言ってた奴が。……あんたにも、町人の気持ちは判らないだろうよ」

「それは、そうだ」

同じ町に同じように生まれた者も、町人であるか、武士であるか、本人には選ぶことのできぬ身分で一生は変わる。

甲次郎は自分の出自に思いをはせた。武士として生まれた我が子を、屋敷から連れだした母は、いったいどんなことを考えていたのだろうか。

冬の日は短く、じきにあたりが暮れ始めた。通りを行き交う者の足が早くなり、振売《ふりうり》が商いを終えて家に帰る姿も目につき始めた。

「おい」

疲れもあって、壁にもたれたまま、うとうとし始めた甲次郎を、十五郎の張りつめた声が起こした。

「あれを見ろ」

指さした眼下では、鈴屋が何やら荷物をべか車（大八車）に積んでいるのが見えた。

桐の箱だった。

「あれは、何だ」

「もしかしたら煙硝を運びだしているのかもしれん。蔵の中で見た箱と似ているのだ」

「なんだと」

桐の箱では、外からは判らない。

饅頭だと言われれば、そうだと納得してしまうだろうが、長助たちが煙硝を桐箱で持ち運んでいたことは、十三の宿でも聞いていた。

「ほうってはおけん」

十五郎は立ち上がった。

もう、階段を下り始めている。

「しょうがねえな」

二人だけでは乗り込むのは危険だと甲次郎は思ったが、仕方がなかった。

十五郎は蕎麦屋を出ると、ためらうことなく鈴屋に向かった。

「待たれよ」

表でべか車の作業をしていた男に、声をかけた。

「先の大坂城代、内藤紀伊守家中のものだ。その荷のことで主人と話がしたい」

店先にいた前掛けをした若い男が、眉根を寄せて、十五郎と甲次郎を見た。

べか車に荷を積んでいた大柄な男が、胡乱《うろん》な顔で近寄ってきた。

「鈴屋喜八と話がしたいのだ」

「……へえ。少し、お待ちを」

男はいったん奥に消え、ほどなく、主人の喜八を連れて戻ってきた。

「おや、これは若狭屋の若旦那」

喜八は甲次郎を見て、にこやかに言った。

「どうなさいました。こちらの御武家さまは、どなたさまで。道ばたでお話もなんですから、なかに入ってもらえまへんやろか。さ、どうぞ」

前に会ったときと同じ優しげな笑顔だ。

甲次郎は十五郎とともに、言われるままに暖簾をくぐった。客は誰もいなかった。

店のなかにも、桐箱が積んであるのが見えた。今からべか車に積み込もうとしていたものらしい。若い職人が二人、荷の傍らにいた。

「内藤紀伊守家中、関内十五郎だ。べか車の荷を改めたい」

「先の御城代様の御家中の方でございますか。しかし、なぜまた、そのような……」

「理由を言う必要はない」

「それは困ります」

喜八は眉をひそめた。

「あの荷は、さる高貴な御方のお茶席のために用意しましたもの。往来でお開けするわけには参りません」

「ならば、店のなかでもよい。見せてもらおう」

「店のなかでも同じでございます。ご注文を受けてご用意したものを、他の方にお見せすることはできません。それが商いというもんで」

若旦那さまやったらお判りでしょう、と喜八は甲次郎を見た。

「お判りでしょうって言われてもな」

甲次郎は肩をすくめた。

「往来で開けられねえ荷があるってことは判るが……」

それよりも、と甲次郎は喜八を見た。

「おれには他にひとつ、聞きたいことがある」

「はい。なんでございましょう」

「あんた、長内村の庄屋とは幼なじみだって言ったよな」

「太郎兵衛でございますか。へえ、それはもう、昔からの付き合いで」

「……昔からの付き合いの友達が、今、どうしてるか知ってるか」

「さて」

喜八は、ひとつ、間をおいた。

「……長内村にやった新太がまだ戻っておりませんので、知りませんが」

「太郎兵衛さんは死んだよ」

「おや、そうでございますか」

「驚かねえんだな」

「……驚くと思っておられたわけで」

いつしか、喜八の顔から笑みが消えていた。

「驚いてほしいとは思ってたよ」

甲次郎は喜八を見すえた。

「まさか……」

と十五郎がつぶやいた。

喜八は息をついた。

「あたしとしては、太郎兵衛には手は出しとうありませんでした。けど、こっちの商いのこと、気づかれてしまいましてな。長助のことにかこつけて、何かと訊ねてくるようになりまして……邪魔になりました」

「太郎兵衛さんは、ただ、厚意で長助の世話をしようとしただけだぞ」

甲次郎は言った。

「まさか。何も気付いてへんのやったら、急に病気やなんや言うて娘を手元に取り返そうとしたりもせんでしょう」

鈴屋喜八の顔に笑みが戻った。さっきまでとは別人のような冷ややかな笑みだ。

「太郎兵衛は長内村で新太にも、いろいろと探りを入れてきたそうです。鈴屋の商いはどうなってるのか、何かおかしなことに手を出しているのではないか……」

「それは、美弥のことを案じていたからだろう。それに友達なら商いのことを訊ねるのも当たり前じゃねえか」

「そうです。けど友達やからこそ、判るんですよ、疑われているていうことも。疑われてはしょうがない。疑いが確信になる前に摘んでおかなければなりません」

喜八は肩をすくめた。その時、甲次郎は後ろに気配を感じた。

まさかと思い、身を翻すと、人影が後ろから突っ込んで来、甲次郎の脇腹を刃がかすめた。

うわっ、と声をあげてつんのめったその男の腕を、甲次郎は素早くねじりあげた。匕首を奪い取りながら、

「てめえ……新太か」

「……野郎っ」

甲次郎に押さえつけられながら、新太はわめいた。

「はなせ」

「ふざけるな。てめえ、そうやって、太郎兵衛さんも刺したのか」

「うるさい……」

「鈴屋喜八――いや、蔵破り一味の親玉さんよ」

新太を取り押さえたままで、甲次郎は叫んだ。

「豊次たちを仲間割れさせたのも、てめえらの仕業なのか。そして最後に豊次も殺したんだろう」

「さあて、そないなことは、どうでもよろしいやろ」

喜八は笑った。

「もう死んだ者のことや。それに、あんたはんもすぐに豊次のところに行けます

わ」

瞬間、荷の傍らにいた二人が、後ろ手に隠していた匕首を抜き、甲次郎と十五郎に襲いかかった。

甲次郎は抑え込んでいた新太の体を、突っ込んできた男に向けて突き飛ばした。

「うわっ」

新太と男がもつれあって倒れた隙に、十五郎に向けられた刃を、新太の匕首で受けた。

十五郎が脇差しを抜き、男の腕を斬りつけた。

声をあげて男は匕首を放し、うずくまった。

何しとる、と腹立たしげに喜八が叫んだ。

舌打ちし、懐に手を入れて何かを取り出したのが見えた。

まさか、と甲次郎は思い、手にした匕首を喜八に投げた。

轟音が響き、十五郎が息をのんだ。

喜八の手には短銃があり、甲次郎の匕首をかわそうとして狙いがそれた銃弾は、十五郎の体をかすめて脇の壁にあたった。

「物騒なもんを持ってるじゃねえか」

甲次郎は喜八をにらみながら言った。

にやりと喜八が笑い、その指が再び引き金にかかった。

指が引き金を引く――その瞬間、一か八かで甲次郎は喜八に飛びついた。

「甲次郎……」

十五郎が叫び、喜八の手下たちも、親方、と叫んだ。

店の外で気配があったのは、そのときだった。

わあっ、と新太の悲鳴が聞こえ、同時に甲次郎には聞き慣れた声がした。

「鈴屋喜八、御用改だ、神妙にしろ」

祥吾が暖簾を分けて店に飛び込んできた。祥吾は、店の中で喜八と甲次郎が揉み合っているのを見た。

「何をしている」

祥吾が叫んだ。

祥吾は素早く二人に駆け寄り、十手で喜八の腕を強《したた》かに殴りつけた。喜八の手から短銃が落ちた。喜八は腕をおさえてうずくまった。

「……町方か」

吐き捨てるように喜八が言った。

「東町奉行所だ。この店が煙硝蔵破りの盗賊と関わっているとの密告があったゆえ、調べに来た。大人しくしろ」

祥吾は言い放った。後ろに捕り方を数人連れている。

甲次郎は安堵の息をついた。

祥吾は甲次郎からの知らせを信じたのだ。相手が町人ならば町方でも動きやすいと考え、甲次郎は祥吾に、あえて十五郎のことは告げず、鈴屋を調べろとだけ伝えたのだ。

「密告だと……」

喜八がうなった。

「表の荷もすでに確かめた。桐箱の中味は盗まれた煙硝に間違いない。言い逃れはできんぞ」

祥吾は言った。

「……」

喜八が歯ぎしりした。

観念したか、と思ったその瞬間、喜八は動いた。

足下にあった短銃を拾い、闇雲に撃った。

わっ、と声がして、十五郎が腕をおさえ、喜八はそのまま暖簾の外に飛び出した。

甲次郎と祥吾は、喜八を追った。

「な、なんだ」

「こいつ、逃げる気か」

外でも声があがった。

祥吾が連れていたのは町方の捕り方だけではなかったのだ。十手をもたぬ数人の武士は、内藤家からの加勢のようだった。

「逃がさぬぞ」

叫んで喜八の前に立ちふさがった男を見て、甲次郎は、危ねえと叫んだ。

喜八が銃口を向けた。

銃声と同時に、声をあげて倒れたのは浅之進だった。

「浅之進殿」

十五郎が、腕をおさえたままで駆け出してきた。

喜八はさらに走っていく。

待て、と甲次郎は叫び、追いかけた。

やめろ、撃たれるぞ、と祥吾が叫ぶのを背に聞きながら、甲次郎は喜八の背に飛びついて組み伏せた。

体で押さえつけながら腕をねじりあげて短銃を奪い取ると、

「甲次郎」

祥吾が、追いついてきた。

「……大丈夫だ。殺しちゃいねえ」

甲次郎が応えると、祥吾は大きく息をついた。

五

鈴屋喜八は、その日のうちに、町奉行所に身柄を移された。

鈴屋が運び出そうとしていた煙硝は、内々で、内藤家の下屋敷に運び込まれた。

すでに売り払われたもの、使われてしまったものもあり、すべてが戻るわけではなかったが、内藤家では、極秘裏に足りない分を補い、煙硝蔵の中身を元通りにすることとなった。

蔵破りはすべて鈴屋喜八とその一味の仕業とされ、浅之進ら内藤家家中が関わっていたことは、表沙汰にはならなかった。

浅之進は、喜八に撃たれ、死んだ。

浅之進とともに蔵破りを行った小三郎は、内藤家より暇を出され、浪人の身として町奉行所において処罰がくだされ、遠島となった。

そして、関内十五郎もまた、内藤家より暇を出された。

鈴屋の召し捕りに功があったことで、蔵破りに関する不始末はお咎めなしとなったが、それでも、内藤家には、もう十五郎の居場所はなかった。

その知らせを聞いたとき、関内十五郎は、甲次郎の師匠のもとにいた。

公には、鈴屋での捕り物以来、居所不詳とされていたのだが、甲次郎が匿《かくま》っていたのだった。

内藤家に引き渡せば、下屋敷で不利な処罰をされるかもしれないと判っていたためだった。

十五郎は、何があっても覚悟はできていると言い、下屋敷に戻ろうとしたが、甲次郎は十五郎を行かせなかった。

「情けでかばい立てするなと言ったはずだ」

そう言いながらも、甲次郎に力を貸したのは、丹羽祥吾だった。

捕り物の場となった鈴屋から、甲次郎は十五郎を密かに逃がそうとした。

それを見咎めたのは祥吾で、十五郎に町奉行所への同行を求めた。

「内藤家の方々より、身柄の引き渡しをとの要望があった。私と一緒に町奉行所に来てもらいたい」

甲次郎はそれを拒んだ。

「こいつは蔵破りとは関係ない。やったのはお前が連れてきた武士だ。こいつは、罪を着せられただけだ」

「それは内藤家の御家中が判断されることだ」

「祥吾」

甲次郎は声を荒げた。

「お前が連れて行けば、内藤家はこいつを始末する。無実の人間が死ぬことになるぞ」

「甲次郎」

祥吾は怒鳴り返した。

「前にも言ったな。咎人《とがにん》をかばえば、お前も捕らえることになる」

「それでもこいつは渡せねえ。罪を犯した者ならば、それが誰でもお前に渡す。だが、こいつは違う」

力ずくでも守る、と言った甲次郎に、

「甲次郎……」

祥吾が十手に手をかけた。

だが、そこまでだった。

祥吾は甲次郎と争うことを選ばず、十五郎を逃がしてくれたのだった。

「内藤家のなかには、どうしてもあんたの身柄を引き渡せと主張した者もいたようだがな。祥吾がつっぱねたそうだ」

「かたじけない」

十五郎は、甲次郎の前に頭をさげた。

「よせよ。骨を折ったのはおれじゃねえ」

「だが、丹羽殿が、そのことで、後々奉行所でのお立場が悪くなるのではと思うと」

「心配はいらねえよ。あいつは町奉行所では上役の信頼も篤い。このくらいどうということもねえ」

それにな、と甲次郎は笑ってつけたした。

「ひとつ、大事なことをあんたは忘れてる。内藤紀伊守はもう大坂城代じゃねえ。あんたは自分で言ったはずだ。ここの者は国元の者とは違う。大坂城代などどうせすぐに入れ替わるものだと判っている。そして、御役替えになったとたんに手のひらを返す……てな」

だから、内藤家の意向など、町奉行所はもう気にしてはいないのだと甲次郎は言った。

「……………」

「いいじゃねえか。そういう町なんだ。そういう町のやり方にならえばいいんだよ。あんたもな」

「そうだな」

沈黙のあと、はき出すように十五郎は言った。

「今、初めて、殿が城代のあと老中になっておられなくてよかったと思った」

それで、このあとどうするんだ、と甲次郎は言った。

十五郎は仕えるべき主君を失った。

行き場のない身になったのだ。

「このまま大坂で暮らすつもりなら、なんとか力になってやるぞ」

「それは……」

まだ決めていない、と十五郎は言った。

大坂に留まりたい気持ちはある。だが、今はまだ大坂には内藤家の家臣も大勢留まっているし、事件の直後で居心地が悪い。

祥吾も、内々で、できればしばらくは大坂を離れてほしいと伝えてきた。

「しばらく江戸にでも行こうと思っている」

何をするあてがあるわけでもないが、江戸ならば、国元から江戸屋敷に詰めている親類もいる。なんとか生活できるだろうと言った。

「だが、お前さん、美弥のこと……」

「判っている。美弥のことは、忘れない。いずれ、会いに行くつもりだ。だが、今は……」

十五郎は苦しげに言葉を切った。

「美弥は待ってると思うぜ」

「いや、罪は逃れたとはいえ、私は蔵破りの一件に関わっていた人間だ。太郎兵衛のこともある。美弥も、美弥の身内の者も、今は、私を受け入れてくれるとは

「思えぬのだ。だが……私はもう一度美弥に会いたい」

だから、と十五郎は言った。

「そのときには、一緒に酒でも飲もう」

ああ判った、と甲次郎はうなずいた。

数日うちには大坂を発つ、と言った十五郎に、その前にもう一度会いにくると言って、甲次郎は師匠の家から出た。

帰り道、豊次の家の近くを通った。

長屋に寄って線香でもあげてやろうかとも思ったが、やめた。

いつか、豊次の父親のところに話をしに行こうとは思っている。

宿で聞いた話を伝えてやりたいのだ。

豊次に惚れた女がいたことや、その女と幸せだったことをだ。

だが、そのときには祥吾も誘ってやろうと、甲次郎は思っていた。


その年は、穏やかな冬となった。

事件の名残もあってばたばたと師走が過ぎ、初雪とともに年が明けた。

いつも年の瀬には富田林に帰る千佐が、今年は怪我の手当もあって市中に残り、若狭屋では娘二人が揃っての正月になった。

十日戎《えびす》のお参りにも千佐と信乃は連れ立って出かけ、若狭屋は賑やかな年始めとなった。

そして、梅が咲き始めた頃、大坂の町は、いよいよ新しい城代を迎えることになった。

町奉行所は相変わらず準備に追われているようで、祥吾の姿も近頃はあまり見ない。

小浜藩主酒井忠邦が、行列をしたがえて入城する日、大坂の町は、朝から時折雪がちらついていた。

にも関わらず、行列を一目見ようと、城の近くはすでに大勢の人だかりだった。

「摺り物売りもあちこちで出てますわ」

と若狭屋に出入りの青物屋が言った。

青物屋が土産に持ってきた色摺りの一枚摺りを、甲次郎も手にとってみた。

行列は一番から六番の六隊に分かれ、それぞれが高張提灯をかかげ、槍に長柄傘などを連ねて進んでいるらしい。

城では京橋口、玉造口の両城番に東西の町奉行、堺奉行までが門外に並び、出迎えるという。

甲次郎は、裏口から一人、店を出た。

養父には言わず、こっそりとその入城の列とやらを見てみるつもりだったのだが、若狭屋を出て数間も行かぬうちに、後ろから声をかけられた。

千佐だった。

「買い物に行く途中やったから」

そこまでついていってもいいかと訊かれ、

「なんだ、行列の刷り物でも買う気なのか」

からかうつもりで口にすると、千佐はうなずいた。

「お土産になるさかい。家に帰るときの」

「里帰りするのか」

正月に帰らなかったぶん、一度は実家に顔を見せに帰るのだろうと思っていたが、甲次郎ははっきりとは聞いていなかった。

いつ帰るのかと訊ねると、明後日だと応えた。

「えらく急だな」

「家の方で心配してるみたいやから」

「いつ、戻ってくるんだ」

訊いたが、応えなかった。微笑しているだけだ。

「帰ってくるんだろうな」

ふと不安になって、甲次郎は訊ねた。

千佐の腕に残った傷のことは、千佐自身にも、郷《さと》にいる千佐の両親にも、責任を感じていた。

富田林についていって、両親の前に手をついて謝りたいとすら思う。

だが、遠回しにそれを言うと、千佐は首を振った。

もうそんなことは気にしていないと笑って、千佐は甲次郎とは逆の方に通りを曲がっていく。

もう少し一緒に歩いていたいと甲次郎は思ったが、呼び止めるのはためらわれた。

甲次郎は一人、城に足を向けた。

行列を見に行く人波に押されながら歩いていると、やがて、城代様のお駕籠が見えたで、と誰かが叫ぶのが聞こえた。

いよいよ行列に近づいてきたらしい。

人混みの向こうに、酒井家の家紋、丸に剣片喰《けんかたばみ》の印の入った高張提灯が見えた。

甲次郎は足を止め、じっとそれを見つめた。